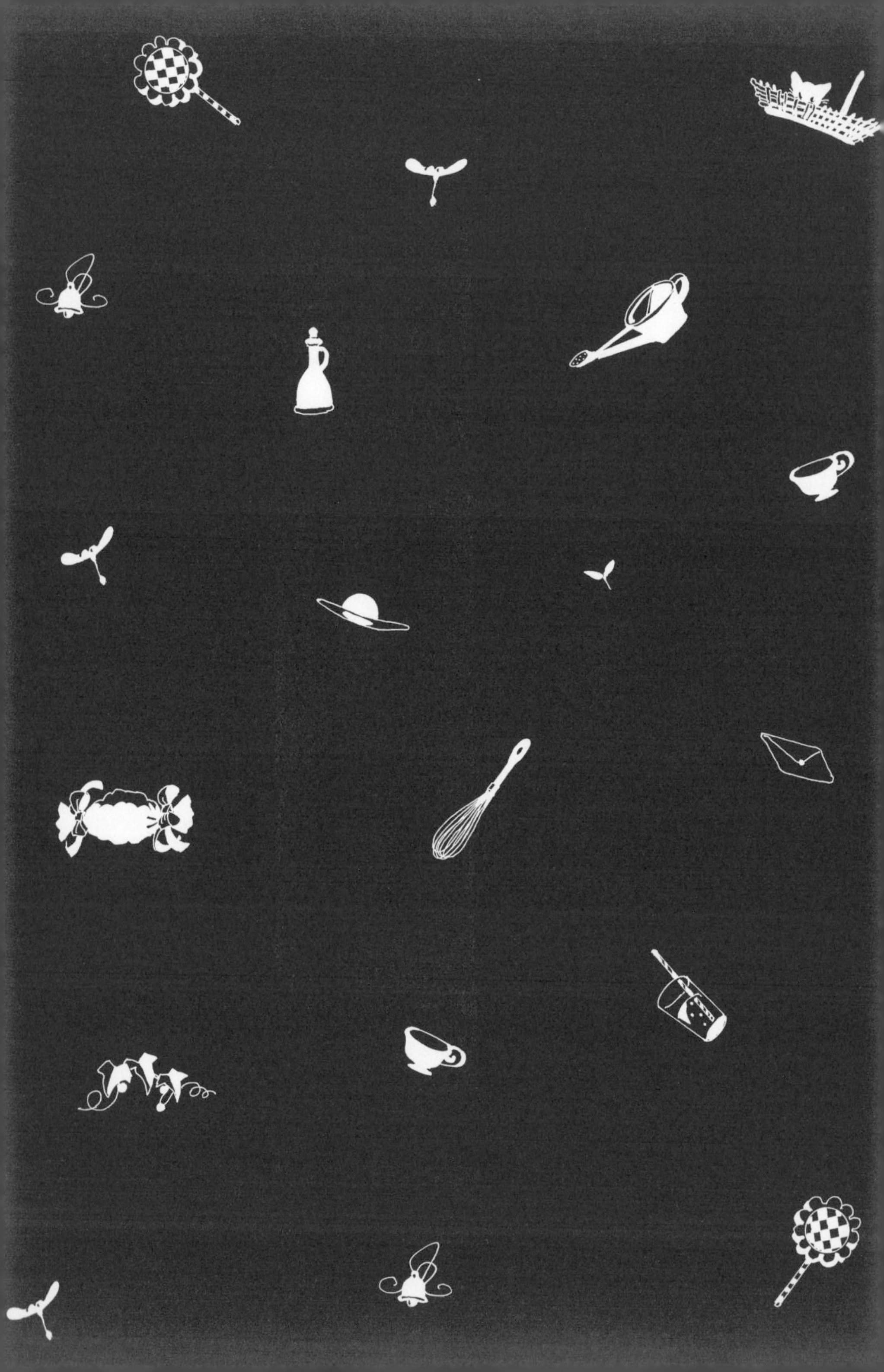

魔女宅急便 4

琪琪的戀愛

魔女の宅急便 4キキの恋

角野榮子——著　王蘊潔——譯　佐竹美保——繪

目次

角野榮子給臺灣讀者的序 5
故事的起點 8
登場人物介紹 11
前情提要 15
1 小客人

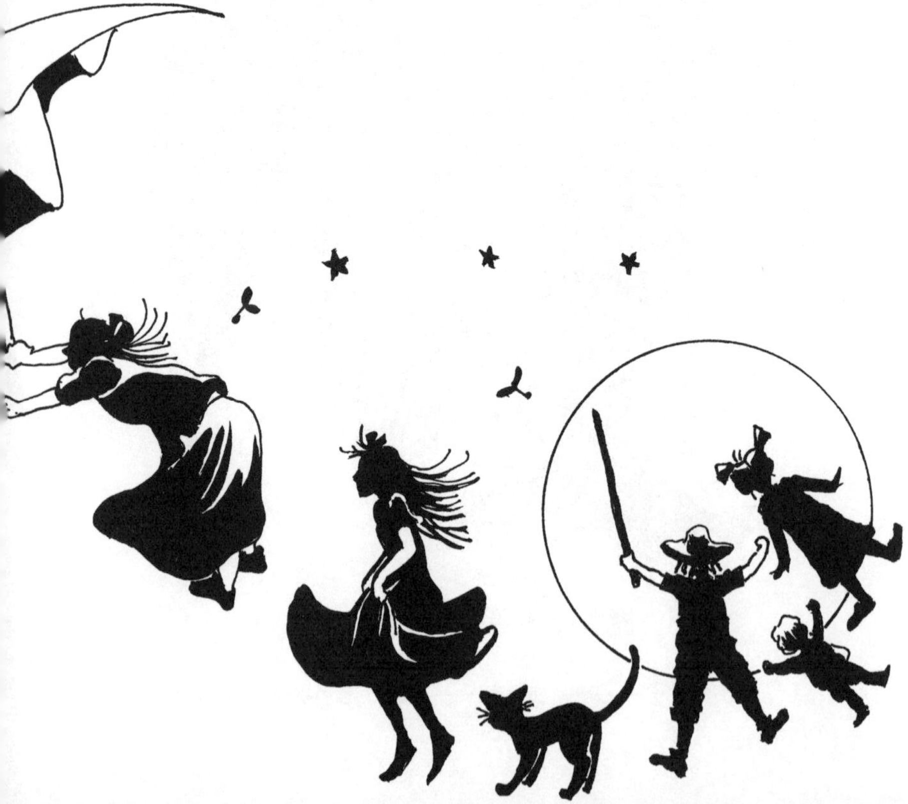

2 蜻蜓的信 55
3 海邊的慶典 67
4 黑漆漆的散步 101
5 掃帚不見了！ 119
6 琪琪，前往雨傘山 165
7 夕陽路的盡頭 183
8 幸福的頭紗 207
9 小諾諾的生日 229
10 藥草的祈願 243

角野榮子給臺灣讀者的序

故事的起點

《魔女宅急便》的故事，要從女兒畫的一幅魔女畫說起。畫中的魔女乘著掃帚，在夜空飛行。掃帚的尾巴上坐著一隻黑貓，柄上掛著一臺收音機，收音機上飛出好多好多的音符。

女兒畫這幅畫時，正值十二歲。因此，我萌生了以年紀相仿的魔女為主角，寫個故事的念頭。

聽著收音機的音樂在空中飛行，想必是一件快意的事。我也想嘗試看看。寫著故事的當下，也同樣有了飛在空中的感覺！

這麼說來，畫中的魔女確實是在空中飛行。於是，我有了讓魔女當快遞送宅急便的想法。想到這裡，故事便開始動了起來。

首先，要決定登場角色的名字。最先定下名字的，是一直陪在魔女身邊的貓咪。過去我在巴西生活時，有一位叫做「喬喬」的朋友。我稍微改了一下他的名字，便成了「吉吉」。

另一方面，魔女的名字則遲遲無法定案。「吉吉」是由兩個發音相同的字組成，所以，我想再次使用同音字做為名字。途中考慮過「咪咪」、「卡卡」、「拉拉」等許多選項，但是都與我構思的魔女不相稱。就這樣，我每天不斷的思考，最後終於找到「琪琪」這個答案。實際念了一遍，就覺得再也沒有其他更合適的名字了。「琪琪」聽起來既可愛，又有一點魔女的味道，而且也很好記。

這一刻，琪琪喊出「榮子，請多指教！」，開始在天空飛行。我當然也追在後面，飛了起來。在撰寫故事的期間，我感覺自己真的飛在空中。若不這麼想，我可能沒辦法將天上的風是怎麼吹的，從空中俯瞰的城鎮模樣，描寫得讓人一看就能想像出畫面。

有時候到寬廣的原野上，我會張開雙手，躺到草地上仰望天空。每當我這麼做，便會覺得自己置身空中，甚至還能看見琪琪坐在掃帚上，在身旁一起飛行。《魔女宅急便》就是這樣開始的。

不過，琪琪才十三歲，還是個實習魔女。就算當快遞送東西，大家也不太信任她，甚至擔心自己的東西被掉包。

琪琪靠著開朗的個性，漸漸被居民接納。麵包店老闆娘索娜、蜻蜓等人都是她溫柔的依靠。

即使如此，其間還是發生許許多多的事。而琪琪總是發揮她的想像力一一克服。

我從小就很喜歡聽故事，喜歡讓心情隨著劇情時而緊張，時而興奮，期待後續如何發展。如果最後是能放下心來的圓滿結局，便如同經歷了一趟愉快的旅行，整個人也會很有精神。

每一篇故事都有種種「發現」，帶給人勇氣。

這些是我的親身經驗。所以，我也萌生寫這種故事的念頭。於是，全六冊，加上兩本特別篇的「魔女宅急便」系列就此誕生。

「我也要像琪琪一樣，帶著勇氣活下去！」如果你讀過琪琪的故事後，有了這樣的想法，我會非常開心。

再過不久，琪琪就要飛向臺灣的天空囉。希望你也翻開下一頁，跟著她一起飛行。

登場人物介紹

琪琪

住在克里克城的魔女，經營魔女宅急便，運送各種看得見或看不見的東西，即將迎來十七歲的夏天。

吉吉

琪琪的魔女貓，對於人類經常自找麻煩的思考方式無法理解，對小孩尤其沒轍。

蜻蜓

喜歡研究飛行與昆蟲的男孩，現在在遠方城市讀書，心地善良但不擅言詞。

茉莉

住在森林裡的女孩，是琪琪的好朋友，多才多藝，尤其對烹飪很有興趣。

小亞

茉莉的弟弟。調皮到讓吉吉敬而遠之。

蜜蜜

琪琪的好朋友。外型亮眼，總是眾人的目光焦點，個性和琪琪正好是相反的典型。

諾拉奧

曾幫助離家出走的吉吉，是一位農夫，在克里克城賣高麗菜。

前情提要

十七年前，在一片濃密森林和綠草如茵的山丘環抱的小鎮上，一個名叫琪琪的小女孩出生了。這個小女孩有一個小祕密，她的爸爸歐其諾是普通人，她的媽媽可琪莉夫人卻是魔女，所以，琪琪也算是半個魔女。十歲時，琪琪立志要像媽媽一樣，當個魔女。

但琪琪不像古老的魔女那樣，會使用很厲害的魔法，她只會騎著掃帚飛上天空。說到飛行，琪琪可是一點都不遜色。她帶著從小和她一起長大的黑貓吉吉，無論在空中翻三個筋斗，或是停在半空，都難不倒她。琪琪和吉吉還有專屬於他們的魔法，即使琪琪用人的語言，吉吉說貓語，他們也可以聽得懂對方的話。這是魔女貓吉吉唯一的魔法。琪琪的媽媽可琪莉夫人除了會用掃帚飛天，還會製作噴嚏藥。琪琪小時候覺得製作噴嚏藥很麻煩，學到一半就放棄了。很久以前的傳統規定，魔女在十三歲時，必須展開修業之旅，尋找一個沒有魔女的城市或村莊，運用自己學到的魔法，獨立生活一年。這是成為真正魔女的修行課程，也可以讓世人了解，即使世界已經非常先進、非常方便，魔女依然存在，神奇的事物也依然存在。

這個故事的主人翁琪琪，在十三歲那年的滿月之夜，離開了家，來到位於海邊的克里克城。在經營古喬爵麵包店的索娜太太協助下，利用飛天的魔法，開了一家魔女宅急便，之後順利結束了一年的實習，回到故鄉。（請見《魔女宅急便》）

但是，回到故鄉的琪琪仍然決定要留在克里克城生活，因為她的好朋友蜻蜓也在那裡，而且那座城市的人們都很認同琪琪的工作。她在克里克城展開了第二年的生活。在這一年中，她遇見了許多不同的人，也遞送了各種不同的東西。琪琪發現，在她遞送的東西中，包含了人們各式各樣的心情。琪琪經歷了各種歡樂和痛苦之後，決定繼續在克里克城生活。然而，漸漸的，琪琪開始感到不安。身為魔女的她，希望可以更加開拓自己的世界，於是決定挑戰剛當上魔女時，曾經因為怕麻煩而放棄的噴嚏藥魔法。

終於，琪琪在自家門前「魔女宅急便」的看板旁，又掛了一塊「歡迎索取噴嚏藥」的看板。

琪琪終於成為這座城市居民的得力助手，生活也比以前更加忙碌了。（請見《魔女宅急便2琪琪的新魔法》）

有一天，一名少女出現在琪琪面前，她留著一頭濃密的頭髮，穿著一件長裙，用沙啞的聲音自我介紹說，她的名字叫蔻蔻。這個性霸道的少女闖入了琪琪的生活。

這個女孩到底是誰？琪琪在克里克城的生活已經邁入第三年，原本順利的日子變得每天充滿不安。然而，蔻蔻卻和蜻蜓變成好朋友，也博取了索娜太太的好感，連吉吉也開始接受蔻蔻。琪琪對自己愈來愈沒有自信。

「她在搞破壞，破壞我最珍惜的克里克城生活。」

琪琪覺得這座城市再也容不下自己了，她好想從此消失。琪琪飛上高空，飛得好遠好遠，覺得自己被逼入了絕境，忍不住大聲吶喊：「我喜歡蜻蜓。」

不久，琪琪終於了解蔻蔻，蔻蔻也踏上了歸途。蜻蜓為了去遠方城市的學校求學，離開了克里克城。（請見《魔女宅急便3遇見另一位魔女》）

如今，琪琪十七歲的夏天正慢慢拉開序幕。

1 小客人

琪琪在床上高高舉起雙手，盡情的伸了懶腰。

「新的一天又開始了。」

她對著天花板大聲叫著，咚的一聲站了起來。

「早安。」

吉吉也很有精神，跟著琪琪從自己睡覺的地方跳了起來，對著刺眼的光線拚命眨眼睛。

從窗簾縫隙照射進來的一道陽光，剛好照到吉吉的眼睛。陽光很明亮，在地上留

下一道很明顯的光影。

琪琪走向窗戶，用力拉開窗簾。門前的馬路上灑滿陽光，好像在房子和房子之間奔跑。琪琪不由得閉上眼睛。

這一陣子，天氣總是陰沉沉，不時淅瀝淅瀝的下著雨。今天難得晴空萬里，空氣中飄散著夏天的味道。

「啊，對了……快放暑假了……」

琪琪興奮得張大眼睛，同時踮起腳，伸長脖子，向遠處張望。

「學校……快放……暑假了。」

琪琪又重複說了一遍，還在房間裡蹦蹦跳跳，拉開了所有的窗簾，打開窗戶，門前種植的藥草味頓時撲鼻而來。雨過天青後，藥草的香味總是特別強烈。

琪琪用力深呼吸，努力使興奮的心情平

靜下來。

「這是第一個暑假……」她小聲嘀咕著。

鈴鈴鈴鈴。電話響了。

「早安。魔女琪琪小姐，可不可以請妳幫我送夏天的第一份禮物？」

電話裡傳來一個女人的聲音。

「好，我馬上就去。」

琪琪看了一眼身上的睡衣，用沒有拿電話的手解開釦子，節省換衣服的時間。

「我想把今年夏天的第一頂帽子，送給我最要好的朋友。是一頂雪白的帽子。早晨起床時，發現天空這麼晴朗，很適合戴夏天的第一頂帽子。所以，我現在正忙著趕工，妳可以幫我送嗎？」

「嗯，當然可以。夏天到了，暑假到了……戴帽子的季節來了。太美好了，我好高興。」琪琪興高采烈的說。

「我住在紫莖街三號，黃色公寓的三樓。我朋友住在郊區橄欖樹林蔭道的街口，房子的屋頂和牆壁都是明亮的天藍色，就像今天的天空一樣，妳一眼就會看到。拜託妳囉。」

「好的，沒問題。」

琪琪放下話筒，唱著「夏天到了，啊，夏天到了」，匆忙脫下睡衣，換上洋裝，俐落的洗完臉，用熟悉的動作梳完頭，繫上髮帶。一眨眼的工夫，立刻變成了大家熟悉的魔女。

「吉吉，要走囉，你準備好了嗎？」

「我才不需要準備什麼，早就做好心理準備了。我和某人一樣，今天心情特別好。只是還沒吃早餐，肚子有點餓……」

每次看到琪琪神采飛揚的樣子，吉吉就忍不住想小小挖苦她一下。

來到紫莖街的上空，馬上發現了那幢公寓。三樓敞開的窗戶旁，放了一頂雪白的帽子。

琪琪沒有走樓梯，慢慢飛近窗戶，坐在窗架上。

「早安，我是魔女宅急便。不好意思，我很沒有禮貌，走了捷徑。」琪琪對著屋子說道。

「妳既然知道，為什麼不有禮貌一點？」吉吉小聲嘀咕著。

「唉喲，嚇了我一跳！」

女人張開雙手走過來，誇張的聳了聳肩。

「這麼說，這頂帽子是從三樓起飛，直接送到我朋友那裡囉？哇噢，這種出發方式真是太適合這頂帽子了。妳有沒有覺得這頂帽子像什麼？呵呵呵，太空船，我做了一頂會飛的帽子。」

「哇噢——」

琪琪接過帽子，感嘆了一聲。

「妳看，這個鏤空編織的部分，是不是很像太空船的窗戶？太空船上的人，透過這個窗戶看世界？怎麼樣？很漂亮吧？啊！對了，差點忘了，這是要送給魔女小姐的小禮物……」

女人從房間裡拿出雪白的緞帶，綁在琪琪的領子上。緞帶很長，被風吹得飄了起來。女人也在吉吉的脖子上，綁上相同的緞帶。

「哇，真漂亮！謝謝。夏天也在我們身上報到了。那麼，我走了。」

琪琪揮揮手，飛了起來。

「吉吉，你剛才也有聽到吧？她說是太空船……在像今天這麼晴朗的天空中飛來飛去……你不覺得很美嗎？……我們要不要來試飛一下？」

琪琪的手指用力扣著帽簷。

「妳、妳在幹麼？琪琪，萬一飛走了怎麼辦？妳到底在興奮什麼？」

吉吉慌忙從掃帚尾跳上琪琪的肩膀。

「沒關係，這是太空船啊。你看，它在搖晃，它也想飛一下。交給我吧。風永遠是我的好朋友。呵呵呵。」

琪琪將扣著帽簷的手用力一甩，帽子離開琪琪的手，隨風飄走了。

「啊，妳真的放手了。」吉吉驚訝的大叫。

「好，我們要起飛，去追太空船了！吉吉，抓緊了。」

琪琪握緊掃帚柄，朝著帽子快速追了上去。她慢慢靠近帽子，伸手抓住了帽簷。

「你看，我沒說錯吧？啊呵呵呵，你看！」

琪琪一邊笑，一邊扣著帽簷，再度用力一丟，又全速追了上去。這一次，帽子迅速打著轉，慢慢下沉。琪琪也改變方向，一邊打著轉，一邊往下飛。

「啊，別這樣。」吉吉慘叫。

「呵呵呵呵，好舒服。」

琪琪再度漂亮的抓住帽子。然後，拿著帽簷，輕鬆的慢慢飛著。

「你看吧，呵呵呵。」

琪琪笑著對吉吉甩了甩帽子。

「好，再來一次。」

琪琪又把帽子丟了出去。帽子乘著風，以驚人的速度飛走了。琪琪每次快要追上時，帽子就又逃走了。

終於，帽子慢慢安靜下來，打了好幾次轉，掉在一座大院子中央的大樹上。琪琪快速飛了過去，聽到隔壁房子傳來小孩子的歡呼聲：「太好了！」琪琪停在半空中，看著傳出聲音的那扇窗戶。

「媽媽，我會了、我會了，妳聽聽看！」

一個小男孩拿著小提琴，對屋裡大喊。

「我看、我看！」原本在廚房的媽媽擦著溼溼的手，走了出來。男孩擺好姿勢，認真的拉起小提琴。

咻卡嚕嚕嚕　咻卡嚕嚕嚕嚕嚕嚕　咻——

男孩停下手，提起下巴說：「我是不是會了？拉得很好吧？」

「真的哩，那麼難的你都會拉了。你好厲害，媽媽太驚訝了。」

媽媽把手放在男孩的肩上，輕輕拍了拍。

「我聽到外面風的聲音，咻卡嚕嚕嚕的聲音，所以，我就學拉風的聲音，結果就會了。」男孩說完，興奮得手舞足蹈。

聽到他的話，琪琪也默默的高舉雙手，為他歡呼，然後，拿起掉在樹上的帽子。

這一次，她認真的朝橄欖樹林蔭道快速飛去。

琪琪敲了敲天藍色房子的天藍色門，一名年輕男人探出頭來。琪琪將帽子遞給他，男人一臉喜悅的說：「喔，夏天到了。小微把夏天送到我身邊了。」

「對。這是帽子太空船，隨著夏天的風，一起飛過來的。」

男人瞇起眼睛，仰望天空，小聲嘀咕說：「喔，原來是太空船……那我要戴著這頂帽子，和小微一起去海邊太空漫步。真希望假日趕快來。對了，魔女小姐，妳今年夏天打算怎麼過？」

「我的夏天也一定很棒，一定會有許多快樂的事。」琪琪抬頭挺胸回答。

琪琪朝家的方向飛去。剛才作為謝禮收到的白色緞帶隨風飄揚，發出沙沙的聲音，吉吉在背上也有沙沙的聲音……

咻卡嚕嚕嚕
咻卡嚕嚕嚕咻
藍藍的天空下
我一定會像天空的顏色

像風一樣　帶到遠方　帶到遠方
咻卡嚕嚕嚕咻

琪琪將浮現在心頭的話語直接唱了出來，一直小聲的重複唱著「帶到遠方、帶到遠方」。

回到家裡，時間有點晚了，琪琪正和吉吉一起吃著早餐，聽到門外傳來「啦啦啾、啦啦啾」的聲音。

琪琪躡手躡腳的走近大門，突然打開門。

「啊，我知道了，今天是馬。我猜對了吧？」

站在門口的是古喬爵麵包店的小男孩奧雷。他快兩歲了。

「不是，是長頸鹿。我剛才說啦啦啾、啦啦啾啊。」

奧雷挺著身體，甩著手、跺著腳說。每天早晨，奧雷都很喜歡和琪琪玩猜動物的遊戲。

「哇，我輸了。好吧，今天就和長頸鹿一起去散步。」

琪琪趕忙走出門外，把頭鑽進奧雷兩條小小的腿之間，把奧雷扛了起來。

「長頸鹿先生，啦啦啾、啦啦啾。」

琪琪在藥草之間跑來跑去。藥草很有精神的搖晃著，散發出宜人的芳香，綠色的蚱蜢從草叢裡蹦了出來。

「長頸鹿的脖子很長，會吃樹葉喔。」

奧雷伸手摸路樹的樹枝，琪琪也配合奧雷跳躍著。

琪琪沿著路旁的藥草田轉了一圈，彎著身體，走進了麵包店。

「早安。」

「哇，奧雷，你好厲害，長這麼高了。」

奧雷的爸爸福克奧先生正在檢查烤麵包爐，轉過頭來說。

「我不是奧雷，我是長頸鹿。」

奧雷得意的挺著胸膛。

「哇，奧雷，太棒了。」

奧雷的媽媽索娜太太伸手把奧雷拉了過來。

「諾諾，妳想當什麼？」

琪琪放下奧雷後，看到奧雷的姊姊諾諾站在角落。

「小兔子。」諾諾小聲的回答。

「那會蹦蹦跳嗎？」

「嗯，嘴巴哞嗯哞嗯的。」

諾諾努了努嘴，很快便停了下來。這一陣子，諾諾被奧雷搶走了鋒頭，突然變得不愛說話。

第二天，琪琪收到一封信，是去那魯那城學校讀書的蜻蜓寄來的。

琪琪，妳最近好嗎？吉吉好嗎？我也像往常一樣，一切都很好。一轉眼的時間，新學期即將結束，暑假馬上就要到來，該是我大顯身手的時候了。我一定要好好利用第一個暑假。

「對啊，我們要一起好好利用今年暑假。」琪琪說著，輕輕閉上眼睛。信上繼續寫道：

所以，我決定明天出發，去雨傘山。

「什麼？他要去山裡……這是怎麼回事……？」

琪琪看著信，繼續讀了下去。

雨傘山在那魯那城西北方，距離我們學校差不多八公里。包括那魯那城在內，四周一片平坦，這座山卻聳立在中間。那是一座海拔約兩百公尺的小山，山頂上有棵大樹，看起來好像一把傘，所以大家都稱它為雨傘山。我每天從學校的窗戶看著雨傘山，愈來愈想去看一看。不，我覺得是那座山在呼喚我。現在剛好是暑假，我想一個人去看看。不過，我同學都笑我，為什麼想去這麼平凡的山？

遠遠看去，那座山上長滿了各式各樣的樹木，看上去簡直就是一團綠色。我不知道那裡到底有沒有路可以上去。

我問我們的導師哇哇老師，他說，「既然你想去，就一定要去看看」，還借了一頂帳篷給我。所以，我先準備了三天份的糧食、水，還有我可以想到的生活必需品，比方說，火柴、蠟燭、手電筒、露營用的瓦斯爐、筆記本、鉛筆、植物圖鑑和昆蟲圖鑑，以及我隨時帶在身上的寶貝，準備出發去雨傘山。

「先準備……？三天份？先準備……」琪琪喃喃自語著。

對了，我還沒有告訴妳哇哇老師的事。他每次看到有趣的東西，都會「哇！哇！」的叫著站起來，所以大家都這麼叫他。老師覺得叫著「哇！哇！」時，就會再一次仔細研究，他說，這就是「觀察」。這種時候，老師的眼睛閃閃發亮，好像變成了蜻蜓的複眼。雖然我戴了一副蜻蜓眼鏡，這麼說有點奇怪啦。這種習慣似乎也感染了我們，每當看到奇怪的東西，我們就會「哇」的大叫一聲，張大眼睛仔細看。看到這位老師「哇！哇！」的叫著看許多東西，我也變得興奮、期待了起來。

沒錯，對我來說，這座雨傘山就是會讓我「哇」的大叫一聲，情不自禁站起來的山。可以說是山在呼喚我……也可能是我的心在呼喚……讓我覺得我非去不可。我有一股衝動，想好好觀察那座山。

順便寄上我畫的那魯那城地圖，給妳看看。

蜻蜓就是住在這座城市。我知道我畫得不夠好……

蜻蜓

琪琪把信放在桌上，看了好一會兒。

「他的意思是，我們不能一起過暑假嗎？什麼嘛。我才不要！」

每次想到蜻蜓暑假會回克里克城，琪琪就特別高興。今天早晨，原本高漲的情緒慢慢洩了氣。

「連我都想說一聲『哇』了……」

琪琪嘟著嘴，兩道眉毛皺成了八字形。

「他怎麼可以不回來……」

琪琪無法理解蜻蜓的想法。她快哭了。

他一個人決定，一個人投入，只是把決定通知琪琪一下而已……琪琪怕吉吉發現她在悶悶不樂，趕快轉頭看地圖。

地圖上寫了很多注解。

我有時候會站在這家店門口吃冰淇淋。

我會躺在這座公園看書。

克里克城在這個方向。

他甚至在馬路的每個轉角，標示了路樹的名字。車站、市場、郵局、醫院，以及遠處的雨傘山，都畫得十分清楚。

「他畫得真仔細，好像從天空往下看……」

琪琪不滿的嘟著嘴。

「蜻蜓一定是想讓妳看看他住的城市。」

在一旁探頭看著地圖的吉吉，抬頭瞥了琪琪一眼說道。

琪琪看到他的眼神，辯解似的說：「暑假……他去這張地圖裡的某處了。他一個人去了！我原本還想請他幫我收割藥草……」

「這也沒辦法呀。」吉吉小聲嘟囔著。

「怎麼可以這麼說？我有很多事要找他商量呀。」

「找蜻蜓商量？我不行嗎？」吉吉不滿的說。

「不行。對不起喔。」

「是這麼重要的事嗎？」

「當然，當然是很重要的事。首先，我想問他，拖鞋是紅色的好看，還是綠色的好看。這雙已經舊了，我想買雙新的。蜻蜓一定喜歡綠色的。」

琪琪抬起一隻腳，給吉吉看已經舊了的拖鞋。

「他說不定喜歡粉紅色。」

吉吉冷冷的回答，一臉不以為然的神情，斜眼看著琪琪。

「而且，我也想問問他，頭髮要不要剪短？」

「頭髮？妳的頭髮嗎？」

「對啊。」

「這種事，妳自己決定不就好了？」吉吉不以為然的說。

「但我希望剪蜻蜓喜歡的髮型啊，這很正常嘛。以後，所有的事都要兩個人一起決定。」

「辛苦妳了。妳說兩個人一起決定，是和蜻

蜓嗎？」

「什麼……？當然啊，大家都這樣。」

「真的嗎？大家，所有人都這麼做嗎？」

「對啊。好朋友都這麼做。吉吉，你有什麼不滿嗎？」

吉吉用力揚起右肩，說：「琪琪，妳最近每天差不多要提到蜻蜓一百次。」

「哪有一百次？」

琪琪彎下腰，面對著吉吉，用力搖搖頭。

「不，九十三次，呃，起碼有八十四次。女人真麻煩，遇到喜歡的人，就會見色忘友，而且沾沾自喜……琪琪，妳明明可以自己決定的事，還要特地繞遠路，繞去蜻蜓那裡……」

吉吉皺著眉頭，小聲說：「真受不了……」然後走了出去。

「幹麼那麼自以為了不起。」

琪琪瞪著吉吉遠去的背影。

鈴鈴鈴、鈴鈴鈴鈴。

電話響了。

鈴鈴鈴、鈴鈴鈴鈴。

琪琪調整心情後，拿起了電話。

「這裡是魔女宅急便。」

「琪琪，好久不見。」

電話裡傳來茉莉充滿精神的聲音。茉莉和她的弟弟一起住在森林裡。以前曾經聽她說，她的爸爸、媽媽都去遠方工作，但已經好幾年沒有回來了。聽別人說，其實，他們的媽媽在生下小亞時去世，她爸爸傷心欲絕，不久之後，就不知去向了。琪琪不知道這個傳聞是真是假。他們的奶奶有時候會去探望他們，但在兩年前去世了。茉莉總是努力讓生活充滿快樂，從來沒聽她說難過或是寂寞之類的話。

「琪琪，這個暑假，妳一定安排了很多活動。」茉莉說。

「才沒有呢。完完全全沒有安排，妳看我多可憐。」

琪琪吐了吐舌頭。

「真的嗎？其實，今年夏天，我打算去隔壁的隔壁的隔壁的城市學廚藝。那裡有一個像我一樣的女孩子，開了一家餐廳，很受歡迎喔。我再三拜託，對方答應如果我住在那裡幫忙一個月，就可以免費教我。因為暑假的時候，餐廳的生意很忙，我也可以順便幫忙。所以，琪琪，我想請妳幫個忙……」

「妳怎麼突然這麼一本正經？」

「因為，我不好意思開口啊。暑假的時候，可不可以讓小亞住在妳那裡？」

「什麼？小亞？」

琪琪的身體猛然抖了一下，忍不住大叫起來。

吉吉不知道什麼時候回來了，把前腳放在前門的門檻上，一聽到小亞的名字，身體繃得像電線一樣。第一次見面時，牠被爬在樹上的小亞用彈弓打到，跌倒在地，連尾巴都被打成了L形。吉吉至今仍無法忘記當時發生的事。

「看來，還是不行。」茉莉嘆著氣說：「果然，大家都受不了他。算了，我再等一年好了。我之前不是說過，以後想在這座森林開一家小旅館，我想先做一點準備工作。小亞已經八歲了，最近乖多了，不會再爬到很高的地方搗蛋了。」

「茉莉，小亞可以來我家住，我應該應付得來。」

「不用、不用了。對不起，讓妳為難了。琪琪，忘了這件事吧。」

「沒關係，最近我也很喜歡和小孩子在一起。我常常和索娜太太的諾諾和奧雷玩。妳不用擔心，我會好好照顧他的。」

「但是……」

「別擔心，交給我吧！」

吉吉用僵硬的身體在琪琪的腳上磨蹭，暗示琪琪不要答應。琪琪向吉吉使了一個眼色，要牠放心。

「真的可以拜託妳嗎？」

「當然，我很期待喔。」琪琪笑著回答。

琪琪剛掛電話，吉吉就喘著粗氣說：「拖鞋的事，妳要找人商量，這種事就可以自己決定嗎？」

「挑戰、挑戰。我們一起加油！」

「噢——」吉吉發出呻吟聲。

五天後，小亞出現了。他背了一個大背包，蓋住了他的背，手上拿著一根木棒。

「小亞，好久不見。」

琪琪用雙手打開門，對小亞說道。

「妳好，我是不是長大了？」

小亞挺直身體，大搖大擺的走進來，好像回到了自己家。吉吉早就躲進床底下。

「吉吉，你不要害怕，我對貓已經沒興趣了。」

小亞把行李放了下來。

「嘖——」

吉吉發出不滿的聲音，可能發現自己遭到無視而感到很無趣吧。

小亞一屁股坐在地上，從行李中拿出毛巾、牙刷和內衣，最後，拿出兩個小心翼翼用紙包起來，長著尾巴和腳，外形扁扁的東西。

「這是壁虎的木乃伊，曾經是我的好朋友。牠們經常一起出沒，我想牠們一定是兄弟，也可能是雙胞胎。」

「你養的嗎？」

坐在地上的琪琪害怕的把身體往後仰。

「當我一個人的時候，牠們就會不知道從哪裡跳出來找我玩。但是有一天，其中一隻在森林裡死了，第二天，另一隻也死了。所以，我把牠們收了起來。」

小亞把一隻放在自己的膝蓋上，另一隻放在琪琪的手上，問：「琪琪，妳要不要看看？很可愛喔。」

琪琪忍不住輕聲驚叫起來，差點把小亞的好朋友摔在地上。

「真傷腦筋。」

小亞從琪琪的手上拿過壁虎，放回紙上，又小心翼翼的包了起來。

「對不起，我覺得……有點害怕。」

「是嗎……這也沒辦法，因為，牠們以前不是妳的朋友。」

「小亞，你的房間在這裡。」琪琪站了起來，打開之前蔻蔻住過的房間。這個房間似乎和與眾不同的人特別有緣。

琪琪好久沒進來，她看著房間裡面，不禁想念起蔻蔻。去年春天，蔻蔻穿著長裙，梳著噴泉般倒豎的髮型，也像小亞一樣突然出現在琪琪面前。至今仍然搞不清她到底是魔女，還是想當魔女，或自以為是魔女……當時，蔻蔻的霸道曾經把琪琪逼得走投無路，直到最後一刻，琪琪才重新找回了內心真實的想法。也是在那個時候，確認了自己喜歡蜻蜓這件事。

和蔻蔻相比，這次的小客人只是個可愛的小男生，根本不值得擔心。

「喔，這裡嗎？魔女的家還不錯嘛。」

小亞雙手插腰，挺著胸膛看了一下，很神氣的撇著嘴。

小亞喝了一杯水，立刻開始在家裡探險。

他握著帶來的木棒，自言自語的說著「好，出發了」，或是「翻過高山，走過原野，前往哈拉巴*」，精力充沛的跑來跑去。他用帶來的木棒撥開草叢，將草叢裡蹦出來的昆蟲排在手上，蒐集各種石頭，滿頭大汗的用木棒在地上寫著什麼。

琪琪問：「你在幹麼？」他竟莫名其妙的回答：「我在體驗各式各樣的事物。」

兩、三天後，琪琪看到了很有趣的畫面。小亞拿著木棒走來走去時，諾諾和奧雷跟在他後面，好像小亞長了尾巴。

「翻過高山，走過原野，前往哈拉巴。」

當小亞這麼叫著的時候，他們也跟在後面叫了起來。不管去哪裡，都形影不離。

「好奇怪，他們這麼快就變成了好朋友。」吉吉喃喃嘀咕著。更奇怪的是，吉吉似乎不太高興。

「吉吉，你也和他們一起玩吧……好像很有趣。」

「噗——我可沒有時間玩這種兒戲。」吉吉哼了一聲，刻意露出嘲諷的笑容。

「好，這根木棒的後面……」

---

* Harappa，被考古學界稱為長眠之城的「哈拉巴」，是古代印度文明的象徵。

門外傳來小亞的聲音。

琪琪踮著腳，從窗戶往發出聲音的方向看去。在藥草田的後方，小亞彎下身體，看著諾諾和奧雷。

「聽好囉，這根木棒的後面，是一個奇妙的國度。諾諾、奧雷，你們想不想去？」小亞問。

「哇，想去、想去。」

奇怪的是，最近很少主動說話的諾諾，這時張大眼睛，興奮的揮著雙手說：「想去、想去。」奧雷也舉起雙手，樂不可支的跳來跳去。

「那我們一起去。你們站在木棒的前面……要學我喔。好，把手放在胸口，用力呼吸。準備好了嗎？出發了。」說完，小亞尖聲叫了起來：「轉一圈，跳到後面。跳一跳，看誰先到。」

「什麼奇妙的國度……在哪裡？」

琪琪踮起腳張望著，看到三個人的頭在藥草後方跳了起來。

突然，一陣風吹進窗戶，吹到琪琪身上時，四周頓時靜了下來。琪琪的心立刻撲通撲通跳，忍不住伸長脖子向外張望。

「咦？」

三個人剛才還在那裡，現在卻不見了，而且窗外熟悉的風景也變得不一樣了。門口的藥草好像受到了召喚，被吸往某個方向。周圍一片寂靜，有一種輕飄飄的感覺。很像小時候睡覺快醒來時，在夢境中思考著「這是真的？還是假的？」的感覺。

「吉吉。」

琪琪轉過頭，吉吉蜷縮成一團，一動也不動的在床上睡著了。四周的一切都靜止了。琪琪打開門，衝出去找他們，鑽進迎面吹來的風跑了起來。

這時，不知哪裡傳來像口哨般「咻、咻」的聲音。

「小亞。」

琪琪叫了起來。但聲音在耳朵裡了迴盪，聽起來不像是自己的聲音。

「小亞。」

琪琪再度大聲叫著，終於稍微恢復自己的聲音。

「小亞！」

琪琪又用力叫了一聲。

這時，不遠處的藥草後方，響起了小亞的聲音。

「太好了！」

此刻同時響起諾諾和奧雷興奮的笑聲。街道上的聲音再度回到空氣中。

「你們剛才去了哪裡？」

琪琪叫了起來。

「撲咚跳。」

奧雷笑了出來。

「對，我們撲咚跳到後面去了。」

諾諾做出跳躍的動作。小亞在一旁昂首挺胸，露出得意的表情。

咚。

門旁的信箱傳來聲音。

「啊，是姊姊的信。」前一刻還在睡午覺的小亞，從隔壁房間探出頭，

琪琪拿出信，看了看寄信人，納悶的問：「真的耶，你怎麼知道的？」

「因為，投信時要是發出『咚』，就是姊姊的聲音。」小亞洋洋得意的笑了起來。

「小亞，你有點怪怪的喔。」

琪琪盯著信封看了片刻，才終於打開。

琪琪，對不起，搗蛋鬼在做什麼？妳一定很傷腦筋吧？真的很不好意思。

琪琪抬頭看著小亞，對他笑了笑。

「她是不是在信上說我是搗蛋鬼？我知道啦。琪琪，我可不是搗蛋鬼，對吧？我已經很努力做大人了。」

「大人……你覺得自己是大人了。小亞，你很棒喔。」

「對啊，我當然是大人了，因為這裡還有比我小的小孩子。」

小亞一臉不悅的表情，好像覺得琪琪搞不清楚狀況。

琪琪，我來實習的這個餐廳老闆，是個身材苗條的大姊姊，今年才二十三歲。餐廳裡大部分客人都是漂亮女生……這位大姊姊很能幹，也很有品味，五張餐桌都是用便宜的價格，從各地的二手店張羅來的，所以，每張桌子的形狀都不一樣。她親自挑選，完全不會有參差不齊的感覺。店裡運用的顏色都是很淡雅的綠色……窗簾和餐巾是綠色……餐具是白色，感覺很清新。我在一旁觀察，發現一件事——就是不能刻意的迎合客人，而是必須貫徹自己的方式。這裡的菜色也實踐著這個方針。

老闆姊姊經常說：「不需要因為某個客人的喜好感到不安，否則會一事無成。如果喜歡我的經營方式，喜歡我做的菜就歡迎來品嘗。這是我的方針。」

是不是很厲害？我覺得我應該好好向她學習。她的做法乍看之下，好像很小氣……不、不，應該說很聰明。比方說，做雞肉料理時，首先用一大鍋水，把一整隻雞都放下去煮，熬一鍋雞湯，再用這鍋湯做成清湯，或是雞凍，也可以用雞湯加米後，煮成雜燴飯……這或許費力，但能節省資源。老闆娣娣很頑固……但我覺得這一點很重要。以前我一直以為迎合客人才是待客之道……在這裡，我真是受益良多。琪琪，這都是託妳的福，謝謝妳。

茉莉在信中更詳細介紹了她在那間餐廳的生活。

琪琪看完信後，把信紙摺了起來，小亞也抬起頭。

「姊姊好嗎？」

「嗯，很好喲。」

「那就好。姊姊其實已經很會做菜了，為什麼還要去學？她太在意別人的想法了……真是拿她沒辦法。」

小亞輕輕點著頭，一屁股坐在地上，手上的紙袋發出沙沙沙的聲音。琪琪伸長脖子，發現小亞把臉湊近紙袋，一個人嘀嘀咕咕不知說著什麼。吉吉也在琪琪的腳旁伸長了脖子，好奇的張望著。

「你在幹麼？」琪琪問。

「我把剛才編的故事收起來。因為不斷會有新的故事，如果不收好，就會忘記。」

小亞把鼓鼓的袋口用力一扭，放在架子上。

「小亞，你昨天是不是在玩『奇妙國度』的遊戲？」

「那不是遊戲。」

「奇妙的國度在哪裡？」

「木棒的後面。」小亞口齒清晰的回答。

「後面……？是哪裡？」

「就是後面，會感覺心『呼』的一下飛走了。」

「小亞，你經常去嗎？」

小亞用力點著頭，說：「那裡可以找到好東西。」

「什麼東西？」

「好東西啊，會讓人的心怦怦跳。」小亞用很神氣的語氣大聲說道，接著又笑著說：「很好玩喔。」

「我也好想一起去看看，下次帶我去吧？」

「不行，大人要自己去。」小亞一臉嚴肅的說。

琪琪偏著頭，喃喃的說：「大人要自己去？我是大人嗎？……對喔，應該算大人了。」

琪琪覺得，小亞出現後，周圍的空氣似乎和以前不一樣了。就連以前對小亞望而生畏的吉吉，也不知在什麼時候興致勃勃的湊了過來。

古喬爵麵包店裡傳來歌聲。

啊先生和咻先生
一起去買菜
啊先生，咻先生
啊先生，咻先生

是奧雷。他模仿小亞，揮著木棒跑了出來。

「奧雷，奧雷，你過來一下。」

琪琪走到門外叫住他。

「你要不要坐在姊姊的腿上？」

「嗯……但是，等一下好不好？」

「沒關係啦，一下下就好。來吧……坐在這裡。」

琪琪蹲了下來，拍著膝蓋說。

奧雷輕輕點點頭，跨坐在琪琪腿上，抬頭看著琪琪。

「奧雷，可不可以告訴我，昨天是不是和小亞去奇妙的國度？」

「對啊，去了啊。」

奧雷用力點頭。

「是怎樣的地方？」

「就是啊，撲一下……跳一跳，看誰先到。」

奧雷說「撲」的時候，在琪琪的膝蓋上跳了一下。

「然後呢……？」

「跳……就沒了。我現在要去找小亞了，再見。」

奧雷從琪琪的腿上跳下來，又揮著木棒走開了。

不一會兒，諾諾咚咚咚的跑了過來。

「啊，諾諾，要不要坐在我的腿上？」琪琪叫住諾諾，坐在前門的門檻上，用兩隻手拍著膝蓋招呼諾諾。

「好啊。」

諾諾轉過身，把小屁股坐在琪琪的腿上。她的裙子飄了起來。

「哇，好漂亮。」

「嗯，好像新娘子。」

諾諾害羞的笑了笑。

「諾諾，可不可以告訴我，妳和小亞去奇妙國度的事？」

「就是手拉著手去啊。大家的胸口都會發出『咻』的聲音，然後就跳一跳，看誰先到。我還要和小亞一起去……」

說著，諾諾從琪琪的膝蓋上跳了下來，一溜煙的跑走了。

琪琪看著兩個人遠去的方向，隨即站了起來，念著「跳一跳，看誰先到」，用力跳了一下。但兩隻腳落地時，腳後跟一陣疼痛，一直傳到頭頂。

大人自己去嗎？我好像去不了……

琪琪感到無趣的皺著眉頭。

那天晚上，琪琪輕輕搖了搖正在睡覺的吉吉。

「吉吉，起來一下，要不要喝茶？」

「我不用了。」

吉吉打著呵欠說，咕嚕的翻了身。

琪琪面對著吉吉的背說：「吉吉，你知道小亞的奇妙國度遊戲嗎？」

「嗯。」吉吉頭也不回的說。

「哼，吉吉，你什麼時候和小亞變成好朋友了？都沒告訴我……吉吉，你也去過了嗎？」

「還沒有，下次會去。我們已經約好，下次要一起去。」

「約定？小亞聽得懂你說的話嗎？」

「嗯，不知不覺就聽懂了。」

「是喔，如果你去了，記得回來告訴我是怎麼回事。我們約定囉！」

「不知道哩……我還沒辦法和妳約定。」

琪琪看著吉吉懶洋洋的樣子，獨自嘀咕說：「你們可以一起

去，真好……我也好想去奇妙的國度。」

琪琪輕輕推開小亞的房門，看著他有一半被睡袋蓋住的小臉。小亞發出均勻的呼吸聲，和小時候一模一樣。

離月亮好近、離月亮好近。

第一次遇到小亞時，小亞一邊唱著，一邊爬上高高的樹。

或許，小亞之後也一直往高處爬，所以，看到了奇妙國度的祕密……琪琪不禁在心裡想著。

2 蜻蜓的信

蜻蜓寄信來了。

琪琪，最近好嗎？好久不見。

現在，我正在雨傘山的半山腰上。那天清晨六點，我從學校出發，前往雨傘山。離開那魯那城後，周圍是一片農田，走過農田，就是繞著山腳的小徑，那裡好像是進入這座山的入口。有一棵樹幹彎曲的古樹，好像彎腰駝背的老爺爺，樹枝低垂到地面，風一吹，好像在向人招手說「來吧、來吧」。我撥開那棵樹下的

草叢，小心翼翼的一步、兩步爬上山。我不知道草叢裡到底有什麼，心裡有點害怕。說起來很奇怪，當初，我就是抱著不知道會發現什麼的期待，才會來這裡，現在卻緊張得心臟怦怦跳。說起來有點丟臉，我長這麼大，從來沒有一個人生活過。我往前走了一段路，樹木和草似乎自動左右分開，前方出現了一條小路，於是，我就沿著小路前進。我做的第一件事，就是用刀子砍下一根差不多到我肩膀那麼高的樹枝，我認為這是我爬山的必要工具。雖然只是一根木棒，卻可以發揮各式各樣的功效，可以用來撥開草叢，也可以當尺使用。小小木棒，可以發揮大大的作用。

「木棒……一根木棒……」

琪琪轉過頭，看著正坐在門口，把木棒放在一旁的小亞。小亞露出微笑，好像在問琪琪：「有什麼事嗎？」琪琪點點頭，繼續看信。

太陽在天空中不停打轉，發出光芒。

當太陽升起時，就可以看到遠方的風景。那魯那城、學校、車站和鐵路前方的隧道，好像站在立體模型地圖上，感覺真的很不錯。琪琪，妳在天上飛的時候，是不是隨時可以看到這樣的風景？我打算在山上小住一段時間，所以，必須在傍晚之前，尋找一個可以作為基地的場所。最好是大樹下，能躺下來休息的地方。我用剛才做好的木棒撥開草叢，四處尋找，結果，在和山頂有一段距離的地方，找到一個很理想的場所。從粗大的樹幹長出來的樹根露出地面，在前方交織一片，圍成一塊比較平坦的地面，感覺像是一個船底的形狀。樹枝也壓得低低的，剛好可以用來掛東西。我鬆了一口氣，立刻割除周圍的草，搭起帳篷，打開睡袋，拿出背包裡的東西，把只裝了換洗衣物的袋子掛在樹枝上。我又在旁邊找到一塊像小型船底的平地，於是決定在那裡煮飯。我稍微往下走一點，找到一個從石頭縫裡湧出泉水的地方。我真是太幸運了，這麼一來，就真的是萬事俱備了，彷彿整座山都在歡迎第一次在山裡生活的我。我這樣寫，似乎一切做起來都很輕而易舉，但其實尋找的過程很辛苦。一開始老是找不到理想的地方，正當我心灰意冷時，卻又出乎意料的找到了……幾乎不斷重複這樣的過程，感覺像在玩鬼抓人遊戲，山裡面真的充滿了驚奇。

下山後，往回走兩公里，有一家小商店，可以在那裡購買食物。那裡也有郵筒，所以還能寄信。我覺得可以在這裡住一段時間，終於鬆了一口氣。

首先，我搭好帳篷，躺下來試了試。樹枝和樹葉疊在一起，縫隙中剛好露出一塊圓圓的天空。

「嗶咻——嗶咻——」

老鷹在高空中張開翅膀盤旋。我的心情好舒暢。當我凝視著天空時，它似乎完全變了一個樣。在此之前，天空只是天空而已，但我現在看到的是一個世界，而我就在這個世界裡。天藍色的世界似乎也進入了我的身體，我情不自禁的張開雙手。

琪琪從信中抬起眼睛，注視著某一點，自言自語的說：「是喔，萬事俱備。真好真好，心滿意足了……」

信的內容還沒結束。

這時，我聽到旁邊有沙沙的聲音。轉過身，抬起頭，看到前方三十公分的石頭上，有一隻蜥蜴直直的看著我。陽光剛好照在牠身上，好像為牠打上了舞臺上的聚光燈。細長的身體中，一對黑色的眼睛特別亮。牠四隻小小的腳用力站在石頭上。我屏住呼吸，一動也不動。牠也文風不動，眼睛一眨也不眨的看著我。最後，我終於忍不住輕輕吸了一口氣，牠可以感受到我的動靜，黑色的眼睛立刻轉過去，細長的尾巴扭了扭，一轉眼的工夫就不見了，只有附近的草像小動物般輕輕搖晃著。牠的動作很優雅，一定是被我的突然出現嚇到了。牠的雙眼露出的並不是警戒的眼神，而是對新出現的我很有興趣的樣子。我覺得好像加入了動物世界的行列，感到格外高興。之後，我每天都會遇到新鮮事。昨天，我關掉手電筒，正準備睡覺時，月光透過樹枝的縫隙照進來，一隻壁虎的影子剛好出現在我臉旁的帳篷上。

「哇，真是太不可思議了，木棒之後又是壁虎……難道那裡也是奇妙的國度？」琪琪瞪大了眼睛，想了一會兒，然後又低頭看信。

壁虎嘰嘰的輕聲叫著，好像在對我輕聲細語說悄悄話。我忍不住向牠說聲「嗨」，打了一聲招呼，因為我已經很久沒有和別人說話了。結果牠嬌小的身體立刻往旁邊一跳，消失不見了。牠的動作很敏捷。自從我上山之後，每天都提心吊膽，牠或許是嘟著小嘴和小臉在笑我。

各種不同的動物不時出現在我面前，每次都讓我看得目不暇給。

不止這樣，妳知道什麼事最讓我忙得不可開交嗎？那就是下廚，也就是做飯。我上山時帶的糧食很快就見底了，今天趕忙去山腳下買了米和鹽回來。只買了這兩樣東西，其他就完全靠大自然的恩賜了。感謝、感謝！山裡的草、果實，還有樹葉，都是不可多得的美食。不過必須十分小心，尤其是蕈菇類，更是奇怪的東西。因為，前一刻還沒個影子，不一會兒轉過頭時，它就冒了出來，然後一直盯著我看。我忍不住想，是不是地面下有另外一個世界，住在那裡的生物正用望遠鏡在觀察我？山裡隱藏了許多肉眼看不到的東西，有時候會突然冒出來，千萬不能大意呀。

晚上，當四周暗到伸手不見五指時，的確有點讓人怕怕的。但我在這裡遇到了許多新鮮事，如今我深深愛上了這座山，每天都充滿樂趣。

以前，我雖然對昆蟲觸鬚、翅膀的構造，樹葉的圖案和昆蟲的變化很有興趣，但這個世界似乎比我想像的更加深奧，隱藏著一百個「為什麼」。

這裡，每天都有非常令人期待的新鮮事。

琪琪，希望妳也可以度過一個美好的夏天。

蜻蜓

琪琪的視線從信紙上移開，自言自語的念著：「這裡，每天都有非常令人期待的新鮮事」，然後嘟起了嘴巴。

為了讓琪琪了解山裡的情況，蜻蜓特地下山去寄信。琪琪感受到蜻蜓這份體貼的心意。

琪琪收到蜻蜓的信很高興，了解他在山裡的生活也令琪琪感到安慰。這些想法都是真實的，但琪琪仍然覺得好像少了點什麼。「琪琪，希望妳也可以度過一個美好的夏天」，這句話不是很見外嗎？剛才就一直坐在窗臺上看著琪琪的吉吉，咚的一聲跳了下來，對琪琪說：「琪琪，妳幹麼不打電話給蜻蜓？」

「吉吉，你開什麼玩笑。蜻蜓在山裡，哪裡有電話？」

「那寫信呢？」

「你又異想天開了。郵差怎麼可能把信送進山裡？」

「是嗎……？」

「對啊。」

「但是，妳很想見他，對吧？那就飛過去看看他。我想，三個小時應該飛得到吧？我可以陪妳去。蜻蜓也一定會很高興。」

「是嗎？那裡有許多小動物，他好像很忙的樣子。我不去，對，我不去。」

琪琪用力搖頭，把蜻蜓的信摺好，放回信封。

門外傳來小亞的聲音。琪琪探頭一看，發現小亞、諾諾和奧雷坐在馬路旁的石頭上，不知道正在聊著什麼。小亞面前放了一個他上次說收藏了故事的紙袋，在攤開的紙上，排列著兩隻上次給琪琪看的壁虎木乃伊。

「這隻壁虎叫小嗶，那隻叫小啵，牠們都是我的朋友。」小亞說。

「那也是我的朋友。因為，我是你的朋友。」

諾諾探出身體，看著木乃伊。

「咦？牠們死了嗎？」

「對，牠們死了。」

「牠們死了以後，會去哪裡？」

「在奇妙國度的遠方。我奶奶以前告訴我，大家死的時候，身上都會帶蠟筆，只要畫畫，就不會覺得無聊。因為人死了以後，就變得孤孤單單了，所以必須找快樂的事來做。」

「真的嗎？那要帶幾枝？二十四色的蠟筆夠嗎？」

「只要一枝……」

「壁虎也帶著蠟筆嗎?」

「對,那當然。牠們帶了很大的彩色蠟筆,因為,牠們要在奇妙國度的遠方畫很多漂亮的畫。小嗶帶了橘色蠟筆,每天都畫好多好多的燈,因為牠喜歡亮亮的地方。」

「小啵呢?」

「牠帶棕色蠟筆。牠畫的是樓梯。牠要畫很多很多樓梯,可以到很高很高的地方。」

「牠喜歡樓梯嗎?」

「嗯,牠喜歡天花板,經常爬到天花板上看我。我奶奶很厲害,帶了一枝金色的蠟筆,每天都在畫月亮。所以,她臨死前對我說,小亞,如果有月亮,就要仔細看,因為,奶奶會畫亮閃閃的月亮。」

「小亞,你要帶什麼顏色的蠟筆?」

「嗯……我要帶和奶奶相反的,太陽顏色的蠟筆。」

「我要粉紅色的。」諾諾說。

「我要蘋果顏色的。」奧雷翹著小嘴說。
「小亞，你要用太陽顏色畫什麼？」諾諾問。
「我還不知道。因為，我還沒有變成老爺爺。」
「呵呵呵呵，小亞，你會變成老爺爺嗎？好好笑。」
諾諾雙手掩著嘴，笑了起來。

「有什麼好笑的，這很正常啊。」小亞也笑了起來，彎著手肘，戳了戳諾諾。

奧雷繞著他們兩個又蹦又跳，嘴裡叫著「老爺爺、老爺爺」。

琪琪悄悄的離開窗邊，生怕被小亞他們發現。

這或許就是小亞前幾天收到紙袋裡的故事，琪琪覺得自己似乎聽到了小亞深深珍藏在心底的祕密。

3 海邊的慶典

「琪琪，等一下，妳走這麼快，諾諾都跟不上了。」

小亞停了下來，等著正拚命追趕的諾諾。

琪琪轉過頭。咦？這隊人馬……是怎麼回事？最小的奧雷跟在琪琪的身後，接著是吉吉，後面的小亞與諾諾和他們拉開了一段距離。每個人的手上都緊緊握著向日葵形狀的棒棒糖。這種棒棒糖是今年夏季特別推出的限量糖果，如今，克里克城的小孩正流行吃這種零食。在百般央求下，琪琪帶他們來到市中心買糖果。豔陽高照的鋪石馬路上，熱氣像火燒般冒了起來。每個人的臉上都紅通通的，滿頭大汗。奧雷看到

琪琪停下來，便蹲在她的腳旁。
「琪琪，現在可以吃嗎？」
諾諾追了上來，問道。
「不行。回家再吃。」
琪琪幫諾諾擦去額頭上的汗水，說道。
「但是，棒棒糖都融化了。妳看。」
諾諾舉起手上的棒棒糖給琪琪看。糖果真的軟軟的。
向日葵已經沒有朝氣，垂頭喪氣了。
「好吧，我們找個陰涼的地方來吃吧。」
琪琪拉著奧雷的手，找到一道陰涼的牆壁，還有徐徐的風吹來。琪琪靠在牆上，從小袋子裡拿出棒棒糖，拆下包裝紙，三個小孩子，還有露出羨慕眼神的貓都排排站好，吃著漂亮的棒棒糖。

「花瓣的地方酸酸的，真好吃。」諾諾說。

他們握著棒棒糖的手、伸長舌頭舔著棒棒糖的嘴巴都黏黏的，奧雷拉著琪琪的裙角，開始擦嘴巴。

「不行，不能用我的裙子擦。」

琪琪從口袋裡拿出手帕，幫奧雷擦著滿是口水的嘴巴。突然，眼前出現一道人影。

「咦，這不是琪琪嗎？好久不見了。」

琪琪愣了一下，站直身體一看，發現原來是蜜蜜。她穿著一件領口敞開的黃色洋裝，腳下蹬著一雙高跟鞋。

琪琪第一次見到蜜蜜時，她是十三歲，從那之後，蜜蜜便以很快的速度蛻變為成熟的女人。雖然琪琪和蜜蜜的年齡相同，但每次見面，琪琪就會發現蜜蜜愈來愈漂亮了。琪琪用一半羨慕、一半嚮往的心情凝視著蜜蜜，明知道自己該說點什麼，又不知道該怎麼說。蜜蜜太亮麗了，讓琪琪的心頭一震。

「琪琪，妳在這裡做什麼？」

蜜蜜把手放在額頭，遮住陽光。

「嗯，有點事。」

琪琪慌忙把棒棒糖放在裙子後面。

「琪琪，妳又有新工作了嗎？」

蜜蜜打量著琪琪身旁站成一排的小孩子。

「我們去買棒棒糖。妳看！」

小亞把握著糖果的手伸到蜜蜜面前。

「妳看！」

諾諾也拿出棒棒糖。

「妳看！」

奧雷也模仿著他們。

「琪琪也有，我們大家都有。」諾諾說。

「是喔。」

蜜蜜眨了眨眼睛，好奇的看著琪琪。

「這兩個小的，是麵包店索娜太太的小孩，這個男孩是我朋友的弟弟。」琪琪笑著說。

「呵，我還以為是幼稚園的遠足。琪琪很像是親切的大姊姊。」蜜蜜從皮包裡拿出手帕，輕輕擦了擦鼻頭。「我現在在百貨公司上班，是男士襯衫賣場的專櫃小姐，呵呵呵。今天我休假，等一下約了朋友去喝咖啡。」

蹬蹬蹬蹬……石板路上傳來一陣腳步聲，一個男人從小巷裡走了出來。

「蜜蜜，我都找不到妳，妳怎麼一下子就不見了？」

「啊，對不起。我剛好遇到朋友。她就是琪琪，我常常和你提到的……」

「喔，就是魔法的……」

男人微微偏著頭，向琪琪欠了欠身。

「她是魔女。琪琪，不好意思，他剛來這座城市不久，什麼都不知道。」

蜜蜜說著，挽著男人的手。

琪琪的喉嚨深處忍不住發出了「嘖」的聲音。

「蜻蜓好嗎？你們還是好朋友嗎？」蜜蜜問。

「是啊。」

琪琪慌忙點頭，移開視線，暗自心想，他應該算過得很好，我們也應該算是好朋友吧。

「那，請代我向他問好。」蜜蜜輕輕揮了揮手，突然想起什麼似的把臉湊了過來，說：「啊，對了、對了，妳應該知道，今天晚上要舉行『海邊狂歡』嘉年華會吧？聽說是臨時舉辦的，市長先生提議，要讓年輕人好好享受夏天。」

「是嗎？我完全不知道有嘉年華會。」

「妳看，那裡不是貼了宣傳海報嗎？」蜜蜜指著一旁的牆壁說。

「啊，我完全沒注意到。」

「琪琪，妳會不會來？妳也來嘛。」

「呃，但是……」

琪琪輕輕聳了聳右肩，露出可能無法成行的表情。

「偶爾和其他年輕人在一起也不錯啊，一定很好玩。大家都很期待認識妳。」

蜜蜜舉起手，看了看孩子們，嫣然一笑。

「對不起，打擾你們享受糖果。」

然後，她依偎在男人的身旁，一轉身，踩著高跟鞋離開了。

「琪琪，她是妳的朋友嗎？」

小亞問。

「是呀。」

「她真漂亮。」

小亞呼的嘆了一口氣。

回到家裡，一打開門，電話就響了。琪琪急忙走過來接起電話。

「魔女小姐嗎？」

電話裡突然傳來命令的口吻。聽對方聲音，應該是一個年輕女孩。

「我想請妳幫我送巧克力，十八顆巧克力。我的男朋友今年十八歲了，很棒吧？

今天是他生日，所以，我用心為他做了巧克力。是心形的，想請魔女小姐送過去。」

「既然是這麼特別的禮物，妳應該自己送。」

琪琪沒來由的感到生氣，沒好氣的說。

「不要，特別的禮物就要用特別的方式送，有魔女加持，就會變得更豪華……妳也是女孩子，應該了解這種感覺吧？記得帶妳的貓一起去喲，這樣比較帥氣。不好意思，簡直把妳當成綁在禮物上的豪華緞帶了。呵呵呵，很棒吧？我的計畫是，等他『哇噢』的深受感動時，我再若無其事的出現在他面前。呵呵呵，妳不妨拓展這項新業務，專門當禮物用的緞帶。怎麼樣？這個主意不錯吧？拜託囉。我現在人在大橋旁，請妳馬上過來吧。」女孩子一口氣說了這一大段話。

「好。」

琪琪簡短的應了一聲，抱起吉吉說：「客人要求要帶你一起去。」接著便嘟著嘴，騎上掃帚飛了起來。

橋頭上，一個戴著帽子、穿著薄質飄逸洋裝的女孩，拎著一個小包裹站在那裡。她看起來比琪琪年紀小一點，一看到琪琪，急忙交代起來：「在山那裡有一幢月牙形的紅磚公寓，很漂亮。魔女小姐，妳應該知道吧？就在那棟公寓旁邊。」

「我知道，那裡我很熟，沒問題，妳放心吧。」

琪琪說著，接過女孩小心翼翼遞給她的包裹。女孩繼續說：「那幢房子附近有一個盛開了許多白玫瑰的可愛公園，還有一張長椅，可以坐兩個人。那裡是我們的祕密基地。雖然有點不好找……但他會在那裡等我。今天他應該會穿戴整齊，打著領帶。妳先過去，把禮物交給他，我馬上就過去。我要很優雅的出現。呵呵呵。對了、對了，我應該要送妳小禮物。竟然忘了。啊，那怎麼辦？我只做了和他年齡相同數目的巧克力……這才有誠意，對吧？啊，對了，妳把手伸出來。」

女孩很快的說道。琪琪順從的伸出手，她從口袋裡拿出糖罐子，說：「反正只是小事，給妳一顆喉糖可以嗎？我只有這個。」然後，她甩了甩糖罐子，在琪琪手心上放了一顆糖。琪琪的臉頓時紅了起來，隨即把糖果放進口袋，什麼也沒說，就起飛了。

「哼，她竟然說我們是緞帶。」

吉吉渾身的毛都豎了起來。

琪琪用力飛了起來，飛到一半時，突然飄來飄去，好像在用掃帚幫天空掃地。

「琪琪，月牙公寓不是在那個方向嗎？」吉吉說。

「沒關係，稍微繞一點遠路，反正她是用走的，會花點時間，我們絕對比她快。不必急，只要在她出現之前送到就好了，這才有誠意嘛。」

琪琪模仿女孩剛才的口吻說道，然後降落在一條兩側都種了花的小路上。

「我們好久沒有這樣悠閒的散步了。」

吉吉高興的走在大房子的圍牆上，和琪琪並排前進。

「哥哥，不要、不要，好冷喔。」

圍牆裡面傳來一個聲音，抬頭一看，原來是一個小男生在院子裡放了一個橡膠做的游泳池，正用水管裝水。因為水的沖力很大，水管扭來扭去，淋到一旁的女孩子頭上。水花中出現了一道彩虹。

「啊，太美了！心情好舒暢。」琪琪喃喃說著，摘了一朵路旁的花插在頭上，然後又慢慢走了起來。吉吉目不轉睛的看著琪琪。

「妳不打算去送宅急便嗎？這或許是個好主意……」

「我會去。時間還早啦，你不用擔心。反正離這裡很近。」

琪琪在十字路口的角落看到一個鞦韆，便把包裹往旁邊的石頭一放，坐了上去。吉吉急忙跳上琪琪的腿。

琪琪靜靜的盪著鞦韆。當琪琪擺動時，周圍的風也跟著搖晃起來。琪琪愈擺愈高，吉吉差不多快掉下來了。當她用力向前擺時，就會被新的空氣包圍，把煩惱的空氣留在身後。

盪了一會兒，琪琪從鞦韆上跳了下來，終於騎上掃帚說：「好了，吉吉，現在該去工作了。」

當琪琪飛上天空時，立刻看到眼前的月牙形公寓，附近卻找不到玫瑰公園。

「會不會有另一幢月牙形的公寓？」吉吉擔心的問。

「你別亂說，沒問題的。」

事實上，問題可大了。琪琪忙碌的尋找，仍然遍尋不著。這座城市裡，應該只有這一幢月牙形的公寓才對呀。

早知道應該問清楚的！但在當下，琪琪怎麼也不願意承認她不知道地點。

琪琪環顧四周，飛來飛去，在空中徘徊。

最後，終於找到了。在房子和房子之間，有一塊稱不上公園的狹小空地上，盛開了許多白色玫瑰。琪琪正準備降落，卻停在半空中，因為在玫瑰花後的那張長椅上，剛才的女生和繫著領帶的男生正依偎在一起，兩人大聲的笑著。琪琪悄悄改變方向，降落在房子後，偷偷的向兩人所在的方向張望。她明明叫自己先送禮物……看她剛才說話口齒伶俐的樣子，這次一定會被她數落。想到這裡，琪琪的腳步就不敢向前邁開。

「要不要我代替妳送過去？」吉吉問。

「不用，我自己去。」

琪琪努力擠出笑容，咬了咬牙，跑了過去。

「對不起，我遲到了。」琪琪深感歉意的低下頭，遞上禮物。「我迷路了……」

「呵呵呵，天上哪有路？」男生笑著說。

「沒關係，別在意、別在意，他說他本來就希望先看到我。」

女孩一臉神采飛揚的看著琪琪。

琪琪回到家裡，小亞立刻衝出來說：「琪琪，今天索娜太太邀我，這個星期六一起去參加兒童會的夜宿。雖然我沒有加入兒童會，但索娜太太幫我說好了，我可以一起去。聽說，晚上還會舉辦只有小孩能參加的黑漆漆散步，我興奮得快發瘋了。」

小亞轉動著眼珠子，露出十分高興的表情。

「琪琪，妳不是也有活動嗎？剛才的大姊姊邀妳參加今天晚上的嘉年華會，妳會去吧？」

「不，我不打算去。」

琪琪把掃帚掛在牆壁的釘子上說。

「為什麼？因為我在家裡嗎？我可以和吉吉一起看家。」

「不是這個原因，只是我不想去。沒有理由。」

琪琪輕輕摸了摸小亞的肩膀。

「是喔，為什麼不去……」

小亞納悶的偏著頭，走了出去。

從剛才開始，琪琪就坐在椅子上，望著遠方出神，一句話也不說。吉吉不時偷瞄她，有時候走到她身旁，把身體在琪琪身上磨來磨去，然後又回到床邊，坐在平時休息的坐墊上。

突然間，椅子發出哐噹一聲，琪琪氣鼓鼓的站了起來。吉吉驚訝的跟了過去，發現琪琪走了出去，看著魔女宅急便的看板。

「魔女宅急便。需要送貨嗎？任何東西都可快速送達您指定的地點！叫件專線：一二三—八一八一。」

看板上這樣寫著。那是琪琪剛開始做宅急便的工作時，寫下的廣告詞。

「無論任何東西……八一八一，剛好是好、好的諧音*。」

琪琪小聲的說著，一副不以為然的態度。琪琪很想對著別人大聲吼叫。這是她第一次有這樣的感覺。以前，雖然也曾經接過這樣的工作，也曾經因此悲傷難過，但從來沒有像今天那樣，讓她覺得乾脆中途放棄、想找人吵架。

琪琪將視線從看板上移開，小聲的說：「我要拒絕那些莫名其妙的工作。」然後露出銳利的眼神，用力閉上嘴巴。

「妳要放棄宅急便嗎？」吉吉問。

「不是。我只接受發自善良的心的工作。」

「這很難吧？要怎麼分辨？心又看不到。」

「我就是知道！」

琪琪撇著嘴，差點就要哭出來了。

---

* 日文「八」、「一」連著念，就是「好」的諧音。

「但是，妳之前不是說，即使是奇怪的東西，送到別人手上時，或許有人會感到高興。當時，我還很佩服妳呢！」

「反正，我再也不做這種事了。」

琪琪生氣的轉開臉。

「妳真的不去嘉年華會嗎？妳應該去的……大人真奇怪。」

小亞臨睡前又對琪琪說，如今，他已經在裡面的房間睡著了。剛才一直擔心，在琪琪身旁打轉的吉吉，也把頭放在尾巴上，睡得很香甜。

琪琪仍然一臉氣鼓鼓的，慢慢喝著已經冷掉的茶，把手肘放在桌子上，茫然的看著窗外。

窗戶外的天空突然亮了起來。

是煙火。

琪琪站了起來，從窗戶探出頭去。吉吉也醒了，跳上了窗戶。在黑暗的天空中綻放的煙火，變成了紅色和藍色的火花，從天空灑落下來，漸漸消失。遠方的海灘傳來歡快的音樂聲。琪琪的身體原本一直僵在那裡，如今卻不由自主的慢慢隨著音樂擺動起來，雙眼也變得炯炯有神。

「要不要去看看嘉年華會？」琪琪問吉吉。

「去看看就好。」

「妳在邀我嗎？」吉吉抬起頭問。

「對啊。」

「我不去。那是年輕人的嘉年華會，琪琪，妳自己去吧。」

「好啦，算了，我自己去。因為，一輩子只有一次十七歲的夏天。嗯，沒錯。」

琪琪用力點頭後，急忙開始做出門的準備。所謂出門的準備，只是換上薄質地的黑色洋裝，把綁著紅色蝴蝶結的黑色包包掛在肩上而已。

「妳最好騎掃帚過去，讓更多人看到魔女也是妳的使命之一。最近，大家都忘了妳的魔法。」吉吉裝出一副很了不起的樣子說。

「對喔，那我就來個華麗登場吧。還有，吉吉，麻煩你顧家囉。」

琪琪說著，用力打開門，走了出去。

「噢——」

身後傳來吉吉不滿的聲音。

嘉年華會的會場掛滿了紅色燈籠，音樂聲震耳欲聾。人們聚集在廣場中央跳舞，周圍放了很多張桌子，許多人聚在一起聊天。一旁還設置了賣飲料、三明治和玩具的攤販。

琪琪迅速在會場上空飛了一圈，降落在入口附近。她藉著降落下來的速度走到一半，又怯生生的在入口附近停了下來。她實在不敢一個人走進去。

早知道應該和蜜蜜約好一起來的。還是回去吧……

前一刻的勇氣已經消失不見，琪琪戰戰兢兢的看著周圍，悄悄往後退，準備溜回去。

這時，有人從後面推了她一把。

「哇，是琪琪。」

「咦，是魔女小姐哩。」

一群圍著蜜蜜走來的男生和女生歡呼起來。上次和蜜蜜牽手的男孩也在其中。

「哇！琪琪，妳真的來了。」蜜蜜興奮的說。

「琪琪，一起進去吧。這是狂歡嘉年華會，要好好狂歡一下。」

有人用半開玩笑的語氣叫著，抓起琪琪的手走進會場。

「就坐在這裡吧。這是我們的地盤。」

大家放下東西，紛紛跑去買飲料了。

漸漸的，大家都圍在琪琪身旁。有人為琪琪選了最好的座位，幫她拉椅子；有人幫她買飲料和點心，大家爭先恐後的歡迎琪琪的出現。

「是誰邀琪琪來的？嘉年華會就是要有魔女，誰這麼細心？」

「當然是本小姐囉。」蜜蜜神氣的挺胸說道。

「魔女真的都不用睡覺嗎？」

「琪琪，聽說妳的收音機可以聽到來自外太空的廣播，真的嗎？」

「男生不能當魔女嗎？為什麼？」

「我覺得這樣很不公平。」

「我覺得魔法好先進。」

「魔女感覺很現代，又很帥氣。」

眼前的情況，完全出乎琪琪的想像。雖然平時幾乎沒和這些人聊過天，他們卻盛情的歡迎自己，琪琪為此感到萬分驚訝。琪琪這時鬆了一口氣，也突然高興起來，身體變得輕飄飄的。

「我告訴你們，其實魔女很調皮喔。」

琪琪聳了聳肩，主動開玩笑。

「我知道、我知道，上次我看到妳很調皮，竟然在空中翻了三次筋斗，我還嚇了一大跳。」

「呵呵呵、呵呵呵。」

琪琪吐了吐舌頭，笑了起來。

「其實，我從小就喜歡在飛的時候耍花樣。」

有個人跑了過來，挽著琪琪的手，然後，一群人手拉著手，搖晃著身體，排成一行，橫向走著，唱了起來。

克里克城有個祕密
魔女、魔女、魔女
每個人都知道

但還是祕密
魔女、魔女、魔女

琪琪頓時羞紅了臉。

「討厭，我……」

她高興得整個人都快融化了。

「來，琪琪，我們來跳舞。」

有人拉起琪琪的手。

「啊？你邀我跳舞嗎？不會吧？」

琪琪驚訝的指著自己。

「我不會跳舞。」

琪琪停下腳步，故意誇張的聳了聳肩，露出遺憾的表情。

琪琪從十三歲開始，就在克里克城工作。說到玩，她只知道小時候玩的造房子和躲貓貓而已。可以說，她是第一次和同年齡的人像這樣手拉著手，一起跳舞。大家都認為，魔女必須隨時幫助他人，琪琪自己也覺得這是理所當然。當男孩子拉著她的手時，琪琪好像遇到了什麼可怕的東西，驚慌的往後退。

「我也跳得不好。沒關係，我們一起隨性的跳吧。」那個男生把琪琪的雙手高高舉起，一臉搞笑的表情，兩腳蹦蹦跳跳著說：「就這樣。」琪琪小心翼翼的模仿，原本在一旁看著的人也都模仿他的動作跳了起來。大家愈跳愈開心，生怕被別人比下去。琪琪原本覺得不好意思，但這種害羞的心情很快就煙消雲散了。

「只要我願意，也可以跳得很開心。」

琪琪揚起下巴，自言自語的說道。她很高興看到這樣全新的自己。

「換我和琪琪跳了，你不能獨占魔女。換我了、換我了。」

原本在一旁跳舞的男生把手伸向琪琪。

「等一下、等一下。」

和琪琪跳舞的男孩一邊跳舞，一邊搖著頭。

「要輪流啦。琪琪，不要跳這種好像小學生運動會一樣的舞了，我們來跳帥一點的舞吧。」
邀舞的男生拉著琪琪的手，來到舞池中央，一隻手放在琪琪肩上，另一隻手放在她的腰上，帶著琪琪，穿梭在人群中。琪琪也跟著他跳了起來。
「我第一次這樣跳舞，以前只看過爸爸、媽媽跳……」
琪琪心情舒暢的舞動著身體。

「妳跳得很好啊。真不愧是魔女，感覺很輕。妳該不會在飛吧？」
「討厭，你有這種感覺？」
琪琪驚訝的看著四周，大家都笑嘻嘻的看著琪琪。
「琪琪，妳好厲害。什麼時候學會跳舞的？」
蜜蜜和別人跳著舞，靠近琪琪問。
「妳看得出來嗎？其實我們在飛喔。這是真正的魔法舞！」

和琪琪一起跳舞的男生回答說。

「琪琪，我們有時候會打扮得漂漂亮亮的聚在一起，然後一起聊天、跳舞，和這裡不一樣，感覺更像大人的聚會，蜜蜜也會來。下次妳要不要來？」

「有這樣的聚會嗎？難怪你跳得這麼好。」琪琪說。

「我下次可以邀妳參加嗎？妳來嘛，大家一定會很高興，當然，我也會去，因為很少有聚會可以邀請到魔女參加。哇噢！太帥了。」

「好像很好玩的樣子！」琪琪感嘆的說。

「下次我打電話給妳。」

「真的嗎？我也可以加入嗎？太高興了！」

琪琪看著對方的眼睛確認道。

「琪琪。」有人大聲叫著：「翻一個筋斗吧！」

於是，正在跳舞的人們都聚集了過來。

「表演一下魔女的絕招吧！」

「好想近距離看一看。」

「飛吧、飛吧。」

大家像在合唱般叫了起來。周圍的人轉過頭，不知道發生什麼事，但也隨即湊熱鬧的圍了過來，一起起鬨。

「魔女小姐趕快飛——為了我們趕快飛、趕快飛！」

不一會兒工夫，琪琪就被大家團團圍住。

「克里克城的傳奇人物，趕快表演吧！」

琪琪的臉頓時紅了起來，心撲通撲通的跳。琪琪雖然有點害羞，但還是很小心的拿起掃帚柄，在地上用力一蹬，很帥氣的在空中翻了一個筋斗，然後降落下來。

「哇噢，好震撼！」

「真不愧是魔女……連翻筋斗也這麼優雅。」

四面八方響起一片掌聲。琪琪聽到掌聲的鼓舞，再度飛上了天空，又翻了兩個筋斗才下來。

「哇，美呆了。」

「哇噢，果然是魔法。」

大家拍著手，有人還模仿琪琪跳了起來，好不熱鬧。

我有這麼受歡迎嗎？就連琪琪自己也難以相信。或許，以後可以找到許多一起玩得很愉快的朋友……琪琪不禁在內心感到驚訝，實在是太令人興奮了。琪琪原本以為今年夏天會過得很無聊，然而，此刻她的雙眼在嘉年華會的燈光下閃閃發亮。可琪莉夫人的臉就像一小朵灰色的雲，掠過琪琪的胸口。琪琪忍不住在臉的前方甩了甩手，試圖揮開這種感覺，然後，更有精神的說：「那我就多表演一段吧！」

「哇！」

大家興奮得手舞足蹈。琪琪拿起掃帚，側坐在掃帚柄上，一下子就飛了起來。她的臉朝著月亮的方向，裝出很酷的表情，裙子被風吹得往後飄。

「哇噢，帥呆了。」

每個人親眼目睹如此神奇的景象，紛紛仰著身體，大聲叫了起來。

「魔女、魔女、魔女。」

大家都像唱歌般為琪琪加油。

琪琪一邊飛，一邊唱歌，回應大家的加油聲。

「為你效勞的魔女、魔女、魔女。」

琪琪一邊唱，一邊開玩笑的搖晃著身體。大家也都配合琪琪的節奏，搖晃起來。

琪琪伸出手，和大家相握。

半圓形的月亮映照在大海上，月光下的海浪翻滾著。海灘上，不斷發射煙火。

「啊，我好喜歡夏天。」

有人跳了起來，大聲歡呼著。

所有人和琪琪一起手拉著手，走在海灘上。

每張臉都冒著汗珠，在月光下閃閃發亮。

「我的暑假……也很精采！」

琪琪舉起雙手，興奮得好想大聲歡呼。

大家唱著歌，走回市區時，就揮手道別，各自回家了。

琪琪滿心歡喜的哼著「魔女、魔女……」的歌，用力推開門。吉吉跑了過來，問：「怎麼樣？」

「太棒了。最棒的暑假。」

琪琪走進門時，高舉著雙手在空中轉動，接著立刻倒在床上睡著了。

第二天早晨，是琪琪當魔女後第一次睡懶覺。

肚子餓得咕咕叫的吉吉好幾次跳到琪琪身上，試圖叫她起床，琪琪也完全沒有反應，繼續呼呼大睡。太陽已經升到了天空的中央。

琪琪的矇矓睡眼終於張開了。

「啊，糟糕，睡過頭了、睡過頭了。」

琪琪下了床，伸展身體，大大的伸了一個懶腰。

「我肚子餓了！」

吉吉發出「噗嗚——」的呻吟。

「對不起，我也放起暑假來了。」琪琪不假辭色的說：「小亞呢？」

「去索娜太太家吃飯了。」

「吉吉，你怎麼沒有去？」

「哼，好過分。妳睡懶覺，我還幫妳掩飾哩。」
「對不起！」
琪琪用搞笑的態度向吉吉鞠躬道歉，瞥到旁邊牆上的月曆，頓時瞪大了眼睛。
「吉吉，今天是六日吧？」
「才不是呢，是八日。」
「什麼？真的假的？哇，怎麼辦？今天不是立秋嗎？今天要收割藥草，我忘得精光了。吉吉，你怎麼也忘了，好過分。」
「妳什麼事都怪別人。」
吉吉回瞪著琪琪。
琪琪一邊嘀咕著「怎麼辦、怎麼辦」，一邊在房間裡走來走去，靜不下來。
魔女必須在立秋那天早晨六點收割晨藥草，傍晚六點收割夜藥草。這是自古以來流傳至今的魔女藥製作方法，也是媽媽可琪莉夫人教她的。
琪琪衝到電話前，撥電話的手也在微微發抖。
「媽媽、媽媽，怎麼辦？我睡過頭了。」琪琪對著電話問媽媽。

「妳怎麼了？為什麼這麼慌張？」可琪莉夫人在電話中很驚訝的問。
「我忘記今天是立秋了。媽媽，妳已經收割好藥草了嗎？」
「對，我剛才已經收割完早上的份了。」
「為什麼不提醒我一聲？」琪琪嘟著嘴說。
「琪琪，妳知道妳在說什麼嗎？是妳自己忘記的，先不要抱怨了，現在趕快去收割，即使晚了也必須做。」可琪莉夫人用嚴厲的口吻說。
「媽媽，妳不是說魔女有魔女的智慧嗎？說自然而然會知道。為什麼？為什麼我沒有感受到魔女的智慧？」
琪琪仍然想要抱怨。
「琪琪，真受不了妳，這樣亂發脾氣，真不像妳。好了，趕快去吧，快，而且一定要心情愉快。還有，要抱著一份感恩的心，知道了嗎？」
哼，媽媽只會教訓我……為什麼不安慰我一下……
琪琪嘟著嘴，掛上電話，立刻跑去藥草田，忙著收割晨藥草。傍晚六點時，也割了夜藥草，並留下了一部分藥草，作為明年的種子。

第二天，她把所有的藥草都切碎，放在銅鍋裡焙炒，也沒有忘記灑入葡萄酒，終於做好了噴嚏藥。

然而，當琪琪裝進瓶子時，發現比去年多了兩瓶。

太好了，根本不用擔心，即使小有失誤，也照樣做得出來，而且，還完成了那麼多。唉，根本不需要著急嘛。

琪琪鬆了一口氣，頓時覺得自己很了不起，忍不住輕聲抱怨起來。

可琪莉夫人經常說：「噴嚏藥製作多少，就會需要多少，所以才會叫魔女藥。不會多，也不會少。」

媽媽經常說，自然的力量很偉大，或是什麼的恩賜……但其實稍微出一點差錯也沒問題。對啊，你看，就是這樣。大自然很偉大，稍微馬虎一點也沒問題嘛。並不一定要中規中矩，要學習大自然的豁達……我已經是大人了，要保持開朗、自由。我的魔法已經沒問題了。今年會發生流行性感冒吧，所以才會多那麼多藥。

琪琪這麼想道，對自己的答案感到滿意，揚起嘴角，點點頭。

4 黑漆漆的散步

終於到了星期天。

「琪琪，出門囉。準備好了嗎？」

索娜太太推開了門，身旁站著諾諾、奧雷和小亞，每個人身上都背了一個大背包，幾乎把他們的身體都壓彎了。琪琪也急忙背上自己的背包跟出去，吉吉也趕緊跳上去。

「不行喔，今天晚上是大家一起去探險，不可以偷懶。」琪琪笑著對吉吉說。

今天晚上是克里克城為小孩舉行「夜宿」的日子，小亞已經期待很久了。今年夏

天剛好輪到索娜太太負責舉辦，琪琪和吉吉也受邀去幫忙。

「我最好不要去吧？不是要舉行黑漆漆散步嗎？貓根本就不怕黑，我去了，反而會掃大家的興。」

吉吉婉言拒絕，想要表示自己已經不是小孩子了，但牠的鼻翼一動一動的，一看就知道其實心裡很想去。

索娜太太善解人意的說：「沒關係，晚上散步時，你負責看門就好，而且，小亞不是快要回家了嗎？這次的兒童會之後，可能就不常見到面了。」

車站前，總共聚集了十個小朋友，每個人都是第一次參加夜宿，一副心神不寧的樣子。搭上火車，穿越位在克里克城西側的隧道，在一片寬闊的原野後方，就是今晚要去露營的大森林。太陽正準備降落在森林的上方，變得愈來愈大，好像在說「很快就要掰掰囉」，光線也漸漸變成了鮮紅色。相反方向的東方天空中，星星開始閃著微弱的光芒。

克里克城的「兒童夜宿小屋」就在森林入口。一走進小屋，每個人紛紛拿出自己的便當吃了起來。天色漸漸暗了，領隊的索娜太太和琪琪去每個房間點蠟燭，影子一直從牆上延伸到天花板，微微晃動著，好像隨時會撲上來似的。

「真可怕，好像會撲過來。」

一個小孩子指著黑影哭了起來。

「開燈好不好？」也有孩子哭喪著臉說。

「那邊牆上的影子更大。是妖怪！」有人說。

於是，其他孩子故意裝出膽戰心驚的樣子，叫著「好可怕」、「好可怕」。

「你們這麼喜歡可怕的東西嗎？森林裡有個喜歡小孩子的黑和尚，更嚇人喲。你們想見見他嗎？」

琪琪踮著腳，張開雙手拚命甩著，使自己的影子看起來更大，然後發出「吼、嘎」的叫聲。那些小孩子頓時停止吵鬧，對著琪琪看傻了眼。

「真的嗎……？是魔女的朋友嗎？」

「嗯，是啊。但是，不管是琪琪姊姊還是索娜太太，都不會幫你們，因為今天晚上，只有小孩子參加。」

大家默不作聲的面面相覷。

天空中，一輪細細的彎月旁，點綴著幾顆小星星。太陽的餘暉仍然在天空中留下了些許明亮，森林裡更黑暗了，好像真的躲了一個巨大的黑和尚。

「出發囉。大家都帶哨子了嗎？試吹一下看看。」索娜太太說。

「嗶嗶嗶。」

大家一起吹響了掛在脖子上的哨子。

「咦？好奇怪，森林裡也有哨子的聲音。」

有人說，大家都靜靜的豎耳傾聽。

「真的哩……」

「難道真的有人……」

「不會吧。」

大家又七嘴八舌的議論起來，但是，每個人都露出緊張的表情。

「萬一遇到意外，要記得吹哨子。森林裡的路雖然彎彎曲曲，但只有一條路，隨時可以回到這裡。好了，大家放心的去吧，琪琪就在小屋前等大家回來。」索娜太太很有精神的說。

「好——」

小朋友們也跟著大聲回答，但每個人仍然神色緊張的東張西望，根本靜不下心來。

「小亞，請你照顧奧雷，他年紀還小，要拉著他的手。」索娜太太說。

「好，沒問題。」

小亞握緊了隨時不離身的木棒，在地上大大敲了一下，還使勁點點頭，然後舉起握著奧雷的另一隻手，用力揮了揮。

「要去前面黑漆漆的地方嗎？」

諾諾走到琪琪身旁，怯生生的小聲問道。

「對啊。大家會手拉著手一起去，所以不用擔心。」

「嗯。」

諾諾用力點點頭，跑了過去，緊拉著奧雷的另一隻手。小亞說：「我興奮得快發瘋了。」然後抬頭挺胸，一副充滿自信的樣子。他的表情格外嚴肅，注視著前方。

出發了。

「越過高山，走過原野，前往哈拉巴，走向遙遠的森林。」

小亞唱了起來，其他人也跟著唱。

吉吉即使在黑暗中也看得很清楚，於是克制住想要同行的心情，假裝不感興趣的鑽進了琪琪的睡袋。孩子們手拉著手，吵著、嚷著，唱著剛從小亞那裡學會的歌，走進了森林。一個個小小的身影慢慢消失在黑暗中，起初還可以聽到隱隱約約的聲音，最後完全聽不到了。

索娜太太和琪琪檢查了四周，在入口旁的長椅上坐了下來，誰都沒說話。她們正伸長耳朵，以為或許能聽到什麼聲音。森林裡吹來徐徐微風，好像是森林裡伸出一隻冰冷的手，故意要嚇她們。兩個人一動也不動的坐在那裡。

「嘰嘰嘰。」

傳來一聲短暫而尖銳的鳥啼聲，森林裡的樹木沙沙的搖晃著。索娜太太的身體抖了一下，琪琪也稍微站了起來，但馬上又坐下。

琪琪仰頭看著天空。月亮好細好細，歪斜的嘴巴浮在空中，好像在冷笑。

「完全沒有聲音，他們還好吧……」琪琪探頭看著森林裡問道。

「噓！不能讓森林知道我們在擔心。」

「什麼？森林……？」琪琪反問。

「對，不然森林可能會故意攻擊我們的弱點，因為夜晚的森林比較鬆懈。以前我媽常說，一到晚上，森林就會張開白天時隱藏起來的嘴巴……然後把小孩子一口吞下去。聽說速度很快喔，所以一到傍晚，就要馬上回家。我老家是在森林裡……我一直這麼相信。」

索娜太太笑著用力眨了一下眼睛。

琪琪想起了小亞緊握的那根木棒。那根木棒很神奇，會不會咚的跳一下，就把那些孩子帶到奇妙的國度去了……奇妙國度的大嘴巴，很可能就隱藏在這座黑暗森林裡。

怎麼可能？我到底是怎麼了……索娜太太剛才不是說了，森林裡只有一條路。

雖然琪琪這麼想，但周圍實在太安靜了，琪琪不由得擔心起來。這裡有一輪彎月的光芒，森林裡卻伸手不見五指。琪琪突然回過神來，發現已經完全聽不到孩子們的聲音了。無論是感到害怕還是興奮，哪有小孩子完全沒聲音的？

風不知道什麼時候停了，一切似乎都靜止不動。琪琪想起那天小亞他們在藥草田後方消失的事，突然沒來由的緊張起來。

「要不要稍微去看一下？」

索娜太太也是滿臉緊張。

「……」

琪琪默默的點了點頭。兩人戰戰兢兢的走進森林。原以為月光會從樹葉的縫隙中照進來，但一踏進森林裡，頓時變得一片黑漆漆的，彷彿有人在她們身後關上門。冷冷的風吹過來，周圍空氣溼溼的。

「索娜太太、索娜太太。」琪琪小聲說道。

「我在這裡。噓！小聲點，不要讓

小孩聽到了。」

索娜太太伸出手。琪琪用力握住了她的手。

「我回頭時，看不到入口。」

「琪琪，真傷腦筋，妳看到哪裡去了？入口不就在那裡嗎？沒想到妳這麼怕黑……呵呵，真是個奇怪的魔女。」

索娜太太用手摟著琪琪的身體，但索娜太太的身體也緊繃著，可見她也很緊張。

「他們差不多該回來了……」

索娜太太向森林裡張望著。

「真的沒問題嗎？」

琪琪也伸長了脖子往裡面看。

結果，在寂靜的空氣中，唰……

出現了一道光，但隨即又消失了。

「咦？」

琪琪倒抽了一口氣。

又亮了一下……隨即消失。

「怎麼回事……？」

索娜太太用沙啞的聲音叫著，兩個人同時跑了起來。

這時，她們看到在樹木和樹木之間，有一道清晰的亮光，而且愈來愈靠近。原來是小亞舉著一根會發光的棒子，走在最前面，帶著小孩們從小徑上走了回來。

「啊，太好了，你們回來了，真了不起。」

索娜太太跑了過去，張開雙手，抱著孩子們。

「怎、怎麼回事？這根蠟燭？咦？不是蠟燭，這是什麼？」

「小亞去向月亮借光了。」諾諾說。

「對啊，小亞一下子就爬到樹上，好厲害，一直爬到樹頂上。」有人說。

「對啊，他還會唱歌……離月亮好近、離月亮

好近。」

「他說是咒語。」

「我們差點快哭了。」

「因為森林裡面好黑喲。」

「大家都放開手，走散了，什麼也看不到。」

「我害怕得不敢走路了。」

孩子們你一言、我一語的報告著，每個人都因為興奮而提高了嗓門，小臉蛋上還掛著淚水的痕跡。小亞在一旁得意洋洋，做出立正的姿勢。

「為什麼沒有吹哨子？」索娜太太問。

「啊，對喔……我忘了。」

小亞好像做錯事般的聳了聳肩。

諾諾跑到琪琪的身旁，拉著她的裙子，小聲的說：「琪琪，妳不要告訴別人喔，小亞說，他和月亮公公握了手。他和妳一樣，也會魔法。很厲害吧？妳會親切的魔法……小亞會勇敢的魔法。」

小亞手上那根木棒前端的光漸漸變淡了。仔細一看，發現木棒前端黏著一團好像草的東西。

「小亞，這是什麼？」琪琪問。

「這是青苔。妳不知道嗎？青苔雖然長在地上，其實是月亮的好朋友。平時是綠色的，但見到月亮後，就會興奮得發光。所以，我爬到很高的地方……讓它們見了面。我住在森林裡，所以很熟悉這些事。」

小亞用已經不再發光的木棒敲了敲地面，挺起了胸膛。

「泥月亮好近、泥月亮好近。」

奧雷突然口齒不清的引吭高歌起來。其他小朋友也跟著唱。

離月亮好近
離月亮好近

於是，小亞又唱道：

一閃又一閃
光來了
亮晶晶
眼睛會發光

其他人也跟著唱了起來。

小朋友們排成一行，沿著小徑，走向夜宿小屋。

三天後，茉莉的實習結束了，準備接小亞回去。

「琪琪，真的太謝謝妳了，多虧有妳幫忙，我這次學到了很多東西。就像我在信裡提到的，那家餐廳雖然沒有花很多資金，但動了很多腦筋，也很用心，才能吸引那麼多年輕客人。我的心情也輕鬆多了，不需要把開店想得那麼麻煩。只要多花點心思，設計出一家有趣的店就好了……我一定要開餐廳，我對自己很有信心。」

茉莉興奮的一口氣說完，好像恨不得馬上就開一家餐廳。

「姊姊，妳學會怎麼做好吃的菜嗎？」小亞問。

「那當然，我還帶來了禮物。」

茉莉從背包裡拿出一個紙袋，那是一個很普通的紙袋，袋口卻用綠色和白色格子的緞帶綁著，紙袋的兩個角也扭了一圈，綁上了相同的小蝴蝶結。

「好可愛。」琪琪說。

「和我的壁虎紙袋一樣。」小亞說。

「小亞，你……你真壞心眼。」

茉莉笑著，假裝要捶小亞。打開紙袋，裡面裝了許多圓圓的餅乾，上面有許多黑色顆粒。茉莉拿起一塊，吃了一口，「呼——」的吐了一口氣。

「做得很好，很香！琪琪、小亞……你們也快吃吧。」

琪琪咬了一口，立刻兩眼發亮。

「很好吃吧？」

琪琪還沒開口，茉莉就搶先說道。

「哇噢，這是什麼怪味道？」

小亞咬了一口，叫了起來。

「黑胡椒餅乾。」茉莉昂首挺胸的說：「這是大人的味道。」

琪琪又咬了一口，辛辣的口感在嘴裡四處流竄。完全沒有甜味，卻格外好吃。奶油和胡椒混合後，變成了一種奇特的滋味。琪琪又咬了一口，茉莉點著頭，開心的看著琪琪。

「姊姊，妳特地去那裡，就是為了學這種東西嗎？」小亞說。

「對啊。不過你不喜歡也不怪你，因為這不是給小朋友吃的。」茉莉說。小亞氣鼓鼓的瞪著茉莉。

「配甜甜的奶茶應該很棒……」琪琪說。

「對，沒錯。真不愧是琪琪。那家餐廳製做黑胡椒餅乾時，稍微加了點甜味，但我覺得不加糖比較好……所以，這或許可以說是我改良後的版本。昨天我烘烤的時候，就心想，一定要讓琪琪吃吃看。」

茉莉鬆了一口氣，笑了笑。

那天下午，小亞和來的時候一樣，背著背包，拿著木棒，和茉莉一起踏上歸途。

琪琪回想著送小亞去車站的情景。諾諾一直不肯說再見，始終不發一語的低著頭，一動也不動，喉嚨裡不時發出啜泣的聲音。在車站時，諾諾甩開了索娜太太的手，跑到小亞身旁，然後踮起腳，對小亞輕輕咬耳朵。小亞也用力點點頭。

諾諾到底說了什麼？看到諾諾的樣子，琪琪內心十分動搖，覺得當小亞「嗯」的點頭時，好像全身綻放著光芒。

「唉喲，變成大哥哥了喔。」茉莉笑著說。

小亞走了，留下了許多令人費解的話話。

大人要自己去……

尤其是這句話，琪琪覺得充滿神祕。

5 掃帚不見了！

一大早，琪琪剛起床，電話就響了。

「早安。這裡是魔女……咦？」

琪琪說話的語氣突然變了。她張大眼睛，用力把話筒壓在耳朵旁。

「啊，就是上次的……對，我記得。當然記得。你很會跳舞……那次的嘉年華會，我玩得很開心。真的，很開心。」

琪琪的聲音比平時高亢，尖尖的聲音好像卡在喉嚨口。

「喔，原來你叫索多雅。上次玩得太開心了，興奮得忘了問你名字，事後還不知道該怎麼辦呢。」

聽到琪琪雀躍的聲音，原本在睡覺的吉吉抬起頭，瞪大眼睛看著她。

「什麼？今天晚上？七點？哇，我想去、好，想去。會，一定會去。」

琪琪停頓了一下，呵呵呵的笑了起來。

「才不是呢，我沒有什麼特別的，只是魔女而已。呵呵呵，你這麼說，我都不知道該說什麼好了，真傷腦筋。啊，對、就在接骨木街上。我知道、我知道，就是街角那家總是放著音樂的店，你們經常在那裡聚會嗎？哇，好棒。聯絡地點也是那裡嗎？沒關係、沒關係，謝謝你，我可以自己去，沒關係。嗯，好，掰掰。」

琪琪放下電話，唱著「呵呵呵，魔女、魔女、魔女」，輕快的翩翩起舞。

「怎麼了？什麼事這麼高興？」

吉吉跑到琪琪腳邊，抬頭問道。

「今天晚上我有事，要出去一下。」

琪琪皺著鼻子，笑了起來。

「妳很高興嘛。」

「有人對我說，請妳務必要來。還說，只要有我在，大家都很開心。呵呵呵，真的嗎？為什麼？為什麼？我搞不懂，但是、但是……呵呵呵，嗯，稍微去看看也沒關係。這是這，那是那……」

琪琪又晃動著身體，輕輕踩著舞步，哼著歌回答。

「妳在向誰辯解？」

「不知道！」

琪琪故意誇張的揚起下巴。

鈴鈴鈴鈴、鈴鈴鈴鈴。

電話響了。

「每次有電話，就連續好幾通。真奇怪、不可思議、不可思議……」

琪琪踩著舞步走了過去，拿起電話。

「呃，請問是克里克城的魔女小姐嗎？」

電話彼端的人上氣不接下氣，是個女人的聲音。

「對，我就是。」琪琪心情愉快的回答。

「啊，太好了，終於打通了。我有一事拜託，可不可以請妳送打蛋器到小道的澤澤妹那裡？澤澤妹雖然說她已經有打蛋器，不需要了……但那是用柳樹枝做的，太那個了。現在正是吃山藥糊糊湯的季節哪。」

「嗯？」

琪琪皺著眉頭，瞪著天空。她不知道小道是誰，也不認識澤澤妹，簡直就像在猜謎。

「打蛋器，就是打奶油用的打蛋器嗎？」

「對啊。可不可以麻煩妳在街上買一個送過去？我最近很忙，沒時間送。那裡是深山……妳一下子就可以飛到了。愈快送過去愈好，可以早一點讓她開心。」電話裡的聲音繼續說道。每個人要求送貨時都很著急，好像只有自己的事最重要。

「呃……請問妳是哪一位？」

「啊，對不起，我是澤澤妹的表姊米滋。拜託妳了。」

「好啊，請問是哪一座山？」

琪琪說話的速度也加快了，臉上卻露出不想去的表情。

「地點很麻煩。妳聽好了，朝克里克城正北方一直走，縱向不是有好幾座山嗎？那是有名的史海里山脈，妳知道嗎？山腳下有一條蜿蜒的小河，名叫阿吉河。有一條鐵路沿著阿吉河的河畔修建，差不多在鐵路中央的位置，有一個小小的紅屋頂車站。妳用飛的，注意看，只有一個紅屋頂車站，我想應該很容易可以找到，叫阿吉河車站。到了車站，妳就對著山的方向拍拍手。」

「什麼？拍拍手？」

「對，那裡沒有電話，只能用這種方式聯絡。那就麻煩妳囉。」

「等、等一下，那麼遠的地方……」

琪琪回答著，瞥了一眼時鐘，探出身體，看著牆上的地圖。

「不好意思，今天……有點……」琪琪的話才說到一半，就聽到對方說：「那就麻煩妳了。」說完，就掛了電話。

琪琪仔細查看地圖，的確有許多山縱向排列著，上面寫著史海里山脈。

「哇，這麼遠！偏偏今天晚上難得有重要的事。對了，我可以拒絕……啊，討厭，怎麼辦？她剛才說那裡沒有電話。糟糕，該怎麼辦？只好趕快去。傍晚之前，一定要趕回來。什麼嘛，真是的。」

琪琪急急忙忙整理好，叫了聲「來，動作快」，便讓吉吉坐在她的肩膀上，抓起掃帚飛了起來。

琪琪去雜貨店繞了一下，買了打蛋器，立刻直直飛向北方。但是，為什麼要送隨處都買得到的打蛋器到那麼遠的地方？

為什麼每次事情都撞在一起？故意找我麻煩似的。

「其實，我也滿喜歡這種忙碌的日子，尤其是接下來有好玩的事的話，更會令人期待不已。我一定要準時出現，讓大家見識一下魔女的能耐。絕對、絕對。」

琪琪迎著風。嘀嘀咕咕說道。

飛過城市，飛過牛羊正在吃草的綠色山丘，終於看到了森林。森林的綠色從小山丘漸漸延伸到山上，遠方則是一片層巒疊嶂的高山。這裡已經是史海里山脈了。山上一朵積雲好像映照著下方的山脈般，形成了相同的形狀。琪琪飛行的天空周圍一片蔚藍，瞇上眼睛，可以看到藍色中有無數細小的水珠，像魚兒般游來游去。

如果不趕時間，倒是愉快的遠足……

風輕輕的吹，猶如溫柔的撫摸著山巒。有時候爬到琪琪的後方，輕輕從後方推她一下。

趕快，趕快完成工作。魔女、魔女、魔女。

琪琪又小聲的哼唱起來。

聽到琪琪的歌聲，吉吉也在身後跟著唱了起來。

「為什麼要唱三次魔女、魔女、魔女？」

山上被夏季的綠意覆蓋著，不時有岩石從中冒出頭來。山谷中，鐵軌沿著河畔向前延伸。飛過一座山，又是一座山，有人住在這種深山密林中嗎？琪琪張大了眼睛，看著下方。

「如果找不到就趕快回頭……反正只是打蛋器而已。即使沒有，也不會太傷腦筋……」琪琪語帶抱怨的嘟囔著。

這時，她瞥到山和山之間的狹窄山谷中，有個紅色的東西。飛近一看，正是米滋小姐在電話中說的，位在鐵軌旁的紅屋頂車站。

「哇，找到了，在這裡啊。」

琪琪急躁的說著，慢慢降落下來。

車站屋頂上掛了一塊「阿吉河」的看板，但周圍既沒有站長，也沒有站務員的身影，連乘客都沒有。牆上貼著的列車時刻表，寫著星期六、星期天各有一班往返於貝貝隆城的列車。今天是星期五，難怪車站裡空無一人。車站的柱子上，用繩子掛了一塊牌子，寫著：「前往小道屋的客人，請對著山的方向拍三下手，就會聽到回應。請往發出聲音的方向走。如果中途迷路，請勿客氣，儘管拍手。」

「原來小道是商店的名字，所以要拍手嗎……但是為什麼？為什麼有商店開在這種深山裡？」

啪、啪、啪。

琪琪沉著臉，拍了拍手，然後豎起耳朵仔細聽。不一會兒，遠處的山裡傳來「啪、啪、啪」的回答。兩個來自不同方向的聲音重疊在一起，在山谷中回響。

「原來奧祕就在這裡，很容易嘛！」

琪琪哼了一聲，聳了聳肩膀，朝聲音傳來的方向走去。從車站延伸的路旁長滿了草，好不容易才看到可以行走的步道，不過泥土溼溼的，只要一不小心，很容易滑倒。琪琪讓吉吉坐在肩上，用掃帚撥開草叢往前走。來到岔路口時，又拍了拍手，再度聽到回應的拍手聲，繼續前進。許多蟲子都飛了過來，還可以聽到蜜蜂嗡嗡嗡的聲音。這裡的草都尖尖的，割傷了琪琪的腳。

「為什麼不用飛的？飛過去不是比較輕鬆嗎？」吉吉問。

「萬一過頭就麻煩了。我想早點回去。」

「這裡有河流的味道，真好聞。」吉吉說：「這裡一定有魚，小小的，一口就可以吞下去那種。」

「呵呵，吉吉，你難得會說這種像貓的話。」

「呿，妳在胡說什麼，我本來就是如假包換的貓。」吉吉在琪琪的耳旁語帶不悅的說。

水流的聲音愈來愈大，道路沿著河流向右轉，突然間，眼前出現了一道瀑布。寬敞的瀑布從半山腰流向山谷，好像垂了一塊布幔。令人驚訝的是，水的後方竟然出現了閃爍的火光。

「好可怕，好像鬼火。」

琪琪握緊手上的打蛋器。

「鬼要打蛋器做什麼？」

吉吉故意用顫抖的聲音說話，想要嚇嚇琪琪。

道路通往瀑布後方，沿著疊在一起的岩石縫隙走過去，這才發現，路的盡頭是一幢用圓木搭建的房子。房子前方，裝在陶器裡的蠟燭點燃著，照亮了入口的大門，門口釘了一塊「旅館──小道屋」的木牌。旁邊掛著的小花瓶裡，插了一朵紅色的花。一旁的窗戶上，垂著一條清爽的白色棉質窗簾。看起來不像是鬼屋。琪琪鬆了一口氣，敲了敲門。

「來了。」

一個女人應聲開了門。

「請問是澤澤女士嗎？」

女人瞪大了眼睛，點了點頭。她的頭髮綁在腦後，穿著一件白襯衫，搭配一件織得很粗的白色和灰色條紋長裙。看起來年紀和索娜太太差不多，又好像比索娜太太年輕。她綁在頭髮上的白色蝴蝶結在黑暗中看起來格外明顯。

「我是魔女宅急便，米滋小姐託我送打蛋器給妳。」

琪琪還沒說完，澤澤小姐便小聲的說：「唉喲，我就說了我不需要。上次，她來這裡幫忙的時候，用了打蛋器，一直抱怨說很不好用。她的個性本來就很急，而且愛管閒事。呵呵呵。」

琪琪忍不住嘟著嘴。

原來她根本沒有在等打蛋器。明天再送來也不遲嘛……

「謝謝妳特地送來這裡，啊，對了，妳該不會就是克里克城的琪琪吧？我沒說錯吧？幸會、幸會。我常聽客人提到妳，一直希望有機會見見，想認識一下住在城裡的魔女是什麼樣子。我知道了，一定是米滋常常聽我談起妳，所以特地讓我有機會見見魔女。聽說妳很受歡迎……是位超有人氣的魔女喲。」

「沒……什麼啦。」琪琪沒好氣的回答。

「聽說妳在大城市很活躍。妳一定覺得我很奇怪吧?因為,傳說中魔女不都是住在森林裡嗎?或許我比妳更像魔女,呵呵呵。妳雖然生活在城市裡,但穿著很傳統嘛。我知道妳受歡迎的原因了,因為妳很可愛。唉喲、呵呵,我真是的,一見面就說這些沒禮貌的話,真對不起。」

澤澤女士皺著一張臉笑了起來,她瞇起的眼睛閃閃發亮。

琪琪悄悄的環顧四周,入口後方的房間很昏暗,中間有張桌子,旁邊放著椅子。今天好像沒有客人。

「妳該不會真的是魔女吧?」琪琪誠惶誠恐的問。

「才不是呢,我只是山中旅館的歐巴桑。以前還曾經希望自己是魔女呢。那是我小時候的夢想。即使自己當不成魔女,也很希望可以結交魔女朋友呀。魔女的力量很神奇……是超能力,太了不起了。來、來,快進屋吧。」

澤澤女士閃到門旁,邀琪琪進屋。琪琪膽戰心驚的走了進去,發現在黑暗中,一股清新的味道撲鼻而來。那不是食物的味道,而是充滿森林綠意的味道。房間深處的大窗戶外，是一座灑滿陽光、長滿青草的庭院，和前門的感覺完全不同。庭院中央的一棵大樹上，樹葉隨風搖曳，反射著陽光，閃閃發亮。房子前和房子後有著完全不同的感覺，彷彿一個是白天，一個是黑夜。

「妳一個人住在這裡嗎？和我通電話的是小道的澤澤女士，我還以為有兩個人。」

「只有我一個，孤單一人。客人只有在火車

通行的星期六和星期天才會來。這裡沒有電話，所以每次都不知道到底有幾個客人上門。但只要用床單包住乾草，隨時可以準備好幾張床鋪，不用擔心。不過這裡夏天要常割草，真是大工程。但如何在物質缺乏的地方發揮巧思，也是一種生活藝術吧。妳會不會覺得，這家旅館很奇怪呀？」澤澤女士看著長滿青草的庭院說道。

「呃，這個打蛋器……」

琪琪遞上手裡拿著的包裹。

「啊，對、對喔。謝謝妳。在這裡，幾乎所有的東西都靠替代品湊合。不過，米滋姊嫌用柳樹枝做的打蛋器打不均勻……我知道，使用這個打蛋器比較方便，也比較迅速。不好意思，讓妳這麼大老遠跑一趟。啊，對了，妳是不是從車站走過來的？」

「對。」

「那條路上的草是不是長得很高，不太好走吧？不過，我盡可能不割那裡的草來鋪床。許多客人特別喜歡那條路，他們說，走過去時，用手輕輕撫摸著草，感覺草風會一起跟過來。草風這個字眼很棒吧……我也很喜歡那條路。」

「……」

琪琪默不作聲，腦海中回想著剛才走過的路。

草風？哪裡有什麼草風……我只覺得刺刺痛痛的。

澤澤女士往裡面走去，似乎想帶琪琪參觀。在面對明亮庭院的那個房間的角落，放著一臺織布機，一旁放了好幾捆線。琪琪回想起小時候，鄰居姊姊每天都會織布，琪琪經常聽到「咚、咚、嗞」的聲音。即使一次又一次、一次又一次做相同的動作，卻只能織出一小塊布，但琪琪不會覺得無聊，一直站在旁邊看得出神。澤澤女士的織布機上，有一塊正織到一半的布，料子和她的裙子完全相同。

「我織布的線，也盡可能用這裡現成的，像是樹皮、草這些垂手可得的東西，還有動物在用身體摩擦時留下的毛，再用草、果實染色……魔女小姐，如果妳知道什麼製作神奇線的方法，請教教我。」

「什麼？我嗎？」

琪琪驚訝的看著澤澤女士。

「我不知道。線不是到處都有嗎？」

「唉呀呀。」

澤澤女士發出驚訝的聲音，慌忙低頭看著手上的打蛋器。

「啊，這是妳幫我買的嗎？還沒付錢吧？米滋姊雖然很熱情，但粗心大意……對不起，多少錢？」

「這裡有發票。」

「三十……對了，還要送妳謝禮。」

「只要一點點心意就夠了。」

「什麼?」澤澤女士反問道,看著琪琪。

「謝禮只要分享妳的一點點心意就夠了。魔女要和普通人相互幫助,相互扶持,這是自古以來魔女的規定。」琪琪很不好意思的說。因為,每當她說出這句話的時候,對方就會露出困惑的表情。

「規定?」

「對,自古以來的……」

「魔女也需要一些生活必需品吧?光靠一點心意,可以過日子嗎?」

果然不出所料,澤澤女士一副奇怪的表情,眼中露出探尋的目光。

「對,我得到大家的援助,生活還過得去。我的工作很愉快……而且,魔女最重要的任務,就是讓世人知道還有魔女存在,我媽媽……」

「所以,妳才生活在城市裡呀。我能夠理解魔女和普通人相互幫助、相互扶持的道理。我住在山裡,和山川、河流也維持這樣的關係。對了,我還要付妳車錢。」

「我是騎掃帚過來的。」

澤澤女士嚇了一跳，但連續點了好幾次頭，喃喃自語的說：「噢，對喔，這是魔女的象徵。真是好用的工具。妳有魔法，我很羨慕。」

「我到底要做什麼，才能感謝妳的好意……啊，對了，我不知道這是不是理想的答謝方法——我剛好要去河邊，那條河很漂亮，今天的天氣特別好，帶妳去看看吧。除此以外，這裡沒什麼能夠引以為傲的東西，我相信妳一定會喜歡。我帶妳去吧，這邊請。」澤澤女士好像想到了什麼好主意似的笑了笑，抱著放在地上的洗衣籃，拎著水桶，打開和入口相反的門，走向陽光明媚的庭院。

「但是，我……今天……」

琪琪追上兩、三步，吞吞吐吐的說。她無論如何都想出席今天晚上的舞會，根本不該在這裡耗時間。但澤澤女士已經走到庭院，似乎沒聽到琪琪的話。

她也該設身處地為別人想一想嘛……琪琪氣鼓鼓的把掃帚放在一旁的牆上，無奈的跟了上去。吉吉也一言不發的跟著。

澤澤女士走了幾步，突然停下來，抬頭看著眼前一片深綠色森林，回頭對琪琪說：「這片森林很美吧？一直延伸到深處，因為有這片森林，才有小道屋這家旅館。妳可能覺得只是普通的森林而已，或許如此……但我認為，這裡絕對不普通。這是上天的恩賜。一走進森林，空氣就完全不一樣了。人的心情會改變，世界也會跟著改變。但如果要去森林，要先咚的跳過前面那條小河。」

當說到「要咚的跳過小河」時，澤澤女士咚的跳了一下，笑了起來。

澤澤女士走出青草庭院後，沿著蜿蜒的路走下去。琪琪停下來，嘴裡又嘀嘀咕咕的說著什麼。澤澤女士頭也不回的向前走，來到河水匯聚的小池塘時，接二連三的把床單和毛巾放了下去。

「這是阿吉河。妳從車站走過來時應該有看到吧？我都稱森林入口的小河為小阿吉，會在下游的地方匯聚在一起。」

「今天的太陽很有精神，真是太感謝了。白布和太陽的感情很好，我每次都在這種天氣洗床單。不過，動作要快……山裡的太陽很快就會下山。」

澤澤女士把裙襬塞到腰部的皮帶上，走進水裡，用力洗起床單。她把床單和毛巾鋪在一旁平坦的石頭上，從水桶裡拿出一大塊肥皂，擦在上面，然後再把滿是肥皂泡的床單和毛巾小心的鋪在草地上。於是，衣物在陽光的照射下，慢慢變乾了。

「魔女小姐，可不可以請妳過來幫忙？把鞋子脫掉。」

「啊？什麼？鞋子？……」

琪琪訝異的皺起眉頭。

我想趕快回家啊，明明從剛才就一直露出不高興的表情……她真遲鈍。說什麼要帶我看好東西……其實是要我幫她做事吧。

琪琪生氣的瞪著澤澤女士。但澤澤女士早就轉過身去，認真的洗了起來。

琪琪無可奈何，只能學澤澤女士那樣，把裙子拉了起來，脫下鞋子，走進水裡。水比想像中更冰冷，琪琪忍不住抬起一隻腳，卻不小心踩到河底的小石頭，滑倒了。

「啊，討厭。」琪琪忍不住驚叫起來。

「唉喲喂呀，妳還好嗎？腳要用力點踩。」澤澤女士立刻伸出手抓住琪琪，琪琪很快甩開她的手。「嘿呀，妳不用客氣。來吧！」

澤澤女士再度伸出手，拉住琪琪。她的手很有力，結果，害得琪琪朝相反的方向搖晃了一下。

「啊呀，對不起。妳還好嗎？來，過來幫忙吧。只要試試看，就會發現很好玩。不趕快澆水的話，衣物就會乾掉。上面有肥皂泡，一旦乾了，就會變成汙漬，所以動作要快。這是我獨特的洗衣方式，我還取了名字，叫『澆水洗衣法』。這個名字很有趣吧？要像澆花一樣，趁這些布還沒乾時趕快澆水。」

澤澤女士用水桶裝了水，動作俐落的澆在床單上。

「來，妳來試試吧，很好玩喔。」

這種事，哪有什麼好玩的……

琪琪火冒三丈。她用水桶裝了水，用力倒在床單上。

「對，就是這樣。謝謝妳，幫了大忙。」

她還是反應遲鈍，毫無知覺。

「這樣，就可以借助太陽和河水的力量，把布洗得雪白雪白。這是阿吉河的魔法。」

澤澤女士直起腰，笑了起來。

「魔女小姐，妳是怎麼洗衣服的？可不可以教教我？對不起，我這個人很好奇，什麼事都想知道。別人常說我很有研究精神喲。」

「什麼？我洗衣服的方法？沒什麼特別的……很普通啊……沒有魔法。」

琪琪回答著，但心裡愈來愈煩躁。

她為什麼這麼愛打聽？洗衣服和她有什麼關係？她對自己獨自在山裡的生活引以為傲，這我能理解，但她難道不知道我想早點回家嗎？真遲鈍。她從剛才就一直喋喋不休的聊自己的事。一個人生活就會變成那樣嗎？唉，真討厭，我可不希望自己以後變成這樣。

「沒有魔法嗎？真失望……但妳不是會飛嗎？……這是魔法吧？太棒了，讓人忍不住讚嘆不已。」

澤澤女士把草地上的衣物依次放進河裡，利用河流的水沖洗乾淨後，用力擰乾。

澤澤女士率先回到庭院，把衣服晾在庭院角落的晒衣繩上。

「今天的太陽心情很好，太感謝了。魔女小姐，拜託妳，幫我用力拉住那一端。」

「好、好。」

琪琪愈來愈生氣，嘟起嘴巴，繼續露出銳利的眼神，故意用力扯住床單的一角。

琪琪已經無法控制心浮氣躁的情緒。

「啊喲喲喲。」

澤澤女士被拉得腳都踩不穩了。

「不行不行，太用力了……」澤澤女士呵呵的笑著說。

晾在繩子上的潔白床單隨風飄揚，風一吹，床單就依次飄了起來。

「這是今天的風的形狀。」澤澤女士看著琪琪，點了點頭。

琪琪忍不住嘆了一口氣。裝模作樣的……不管什麼事都那麼假惺惺……聽起來又像是在說教。她似乎看透了琪琪想早點回家的心思，才故意拖延。雖然乍看起來很親切，但反而讓人覺得心裡怕怕的。

「那我差不多該回家了。」

琪琪終於忍無可忍的開口說道，但澤澤女士已經轉身進屋了。琪琪追了上去，抬頭看著天空。太陽已經西斜，附近的山谷也散發出一種傍晚的味道。

啊，我該怎麼辦？還來得及嗎？真是討厭。我只要用超快的速度飛回去，或許還可以。不，無論如何，我絕對要趕上，但是回去之後還要打扮一下……我才不要穿這樣去。但我一定要去、一定要去，絕對不讓任何人阻撓。

「呃，我差不多該回去了。」

琪琪追了上去，走進屋裡說道。

「啊喲，妳要回家嗎？妳不住下來嗎？為什麼？」澤澤女士驚訝的轉過頭問。

「什麼？住下來？……我沒有這個打算。我當然要回去。」琪琪語氣粗暴的回答。

「每個人來到這裡，都很期待可以住一晚喲。今天晚上剛好沒有客人，我會幫妳準備二樓最好的房間。妳就住下吧，一定會有好事發生的，妳現在回去的話，就太可惜了！雖然這裡是森林，但我會好好款待妳。我要用妳送來的打蛋器煮山藥糊糊湯，現在剛好是品嘗的季節。對了，就用這個作為謝禮，怎麼樣？這個主意不錯吧，這才是相互幫助。」

澤澤女士自顧自的決定後，心滿意足的點點頭。

不管她說什麼……都是在假裝自己很親切。琪琪心裡這麼想道。

「可是我今天晚上和別人約好了，一定要回去。」

琪琪探出身體，斬釘截鐵的回答。

「是嗎？妳好忙，太遺憾了。」澤澤女士聳了聳肩。

「這麼說，我沒辦法給妳謝禮了。」

「沒關係，妳已經教我澆水洗衣法了。」

「那就可以作為謝禮嗎？」

「我告辭了。」

琪琪放下水桶，拉了拉裙子的皺褶，轉過身，準備伸手拿剛才出去前放在一旁的掃帚。

但是，剛才明明放在這裡的掃帚不見了。

被澤澤女士藏起來了！

琪琪立刻閃過這個念頭。頓時覺得背後冒起一陣寒意。

她果然有問題。太親切了……又問東問西，不停的打聽。

她說，以前就想看看我……

還說很羡慕魔女……她看掃帚的眼神也很奇怪。

剛才她就千方百計的不讓我回家，或許她和那個叫米滋的人想聯手綁架我。她們一定覺得魔女是稀有動物。太可疑、太奇怪了，在這種深山野外，誰知道她們會把我怎麼樣！

千頭萬緒湧入琪琪的腦海，她開始對一切充滿懷疑。

對，一定是澤澤女士！是澤澤女士藏起來的！她要抓住我，不想讓我回家。她剛才就語帶羨慕的討論魔法和魔女的事。

琪琪的心跳加速。

「吉吉，你有沒有看到掃帚？我的掃帚不見了。」琪琪的聲音都開始發抖了。

「咦？沒有哩，怎麼回事？」吉吉悠哉的環顧四周。

「什麼怎麼回事？這不是很奇怪嗎？」琪琪氣憤的說。

「妳是不是帶去河邊了？」

琪琪「啊！」了一聲，衝了出去，找到通往河邊的路，一路跑過去尋找，卻遍尋不著。

不對呀，怎麼可能在外面。我記得放在門的旁邊，果然被她藏起來了。

琪琪不由得渾身發抖。

別慌張，要鎮定。

琪琪這麼告訴自己，走去廚房，努力用平靜的聲音問：「澤澤女士，妳有沒有看到我放在門旁的掃帚？」

澤澤女士轉過頭，納悶的皺著眉頭。

「掃帚？妳的掃帚？不知道……應該在妳原本放的地方吧。這裡沒有人負責打掃。妳來的時候，我有看到妳帶著掃帚。再仔細找找看吧。」

澤澤女士的聲音也沒有異樣，不像是在說謊，她從架子上拿下煤燈，點亮了火。

「天色暗了，妳帶著燈去找吧。」

琪琪默默接過煤油燈，仔細找遍了每個房間，連掛著的大衣後方，箱子和椅子後方也都找過了，但還是沒看到。琪琪的心裡愈來愈不安。

一定是被她藏起來了！絕對沒錯。她假裝若無其事，但其實想把我困在這裡！

「澤澤女士，我還是找不到。」琪琪走進廚房問道。

「咦？沒有嗎？那妳可以用我的掃帚，雖然有點舊了，但可以借給妳。」

「才不能隨便拿一把……」

琪琪說到一半，突然感覺澤澤女士說話很假惺惺。

「對了，妳過來看看，我要用打蛋器做山藥糊糊湯了。很棒喔，一定會好吃到讓妳感受到山的偉大力量。」

澤澤女士似乎完全沒意識到琪琪覺得她有問題。琪琪轉動著眼珠子，悄悄溜了出去，打開了像是澤澤女士房間的門。琪琪舉起煤油燈，看到在鋪著淡綠色床單的床上，放著織到一半的編織品。房間裡還放著椅子和小櫃子，布置十分簡單，根本沒有琪琪的掃帚。可能在二樓吧。琪琪悄悄走上裡面的樓梯，看到旁邊有一個架子，擺者許多摺好的床單。掃帚不可能藏在這種地方。但琪琪愈是懷疑澤澤女士，就愈發覺得所有東西都很可疑。可能是藏在裡面吧？琪琪心想。於是她翻開床單尋找著。

突然間，架子上飄下一張紙。琪琪蹲了下來，翻開對摺的紙，上面有用鉛筆寫的字。

「『丟棄諾拉奧，找回諾拉奧』……這是什麼！」

琪琪猛的吞了一口氣，身體顫抖起來。

諾拉奧……？這是人的名字嗎？是把人丟棄的意思嗎？丟棄的意思是把人丟到某個地方嗎？丟去哪裡？該不會是森林裡吧……或許已經丟了。澤澤女士剛才在說走進森林的方法不是很奇怪嗎?到底是什麼意思?我也會被丟棄嗎?掃帚也不見了……但是,為什麼?為什麼?就因為我是魔女嗎?吉吉要怎麼辦……澤澤女士太可疑了。她一個人住在森林裡,所以才變得有點怪怪的。一定是這樣。先別管掃帚了,我要趕快離開這裡,即使用走的也要快點逃出去。

「吉吉,趕快離開這裡吧,我們快走。」

「琪琪,妳怎麼了?」吉吉問。

「她可能真的是鬼。」

「真的嗎?但這幢房子很香啊,不像是鬼屋。」

「所以才奇怪啊。」琪琪眼神銳利的看著吉吉。

「既然妳這麼說,那我、我也要趕快跟妳走。」看到琪琪膽戰心驚的樣子,吉吉輕輕點了點頭。

「動作快!」琪琪熄了煤油燈,想趕快離開。這時,遠處隱隱約約傳來一聲「咻」的口哨聲。頓時,吉吉「喵嗚」的叫了一聲,豎起耳朵,張大眼睛,抬頭看向窗外,接著突然大叫一聲,從打開的窗戶跳了出去。到底發生了什麼事?琪琪驚訝的愣在原地，看著眼前突如其來的狀況。吉吉的身體上下起伏著，快速穿過庭院。琪琪也從窗戶跑了出去，追趕吉吉。

眼前是剛才澤澤女士提到的小阿吉河。吉吉咚的一聲跳了過去，跑進森林裡，琪琪也跟著衝進森林。不一會兒，就無法看到樹木和草的形狀，琪琪整個人都被漆黑包圍了。森林外的天色還微微亮著，這裡為什麼這麼暗？琪琪的腦海中想起澤澤女士剛才說的，這裡的空氣不一樣，人的心情會改變，世界也會跟著改變。前方隱約傳來吉吉穿越草叢的聲音。

「吉吉、吉吉。」

起初琪琪很小聲的呼喚著，漸漸的，她放聲大叫起來，但吉吉還是沒有回答。平時吉吉只要聽到琪琪的聲音就會回應，而且澤澤女士不可能沒聽到琪琪的叫聲。四周沒有任何回應，彷彿琪琪的聲音已經融化在周圍的空氣中。琪琪迷失了方向，一邊跑，一邊伸出手亂摸。頭頂上傳來樹葉摩擦的沙沙聲，身後的青草也發出沙沙聲。琪琪繼續往前跑，彷彿有東西在追趕她，一旦停下腳步，就會被抓住。琪琪跟著吉吉，滿腦子只有一個念頭，就是「趕快逃，快逃、快逃」。樹枝不停打在她的臉龐和擺動的雙手，琪琪彷彿聽到身後有咚咚咚的腳步聲，好像有什麼東西追了上來。即使拚命逃，都似乎隨時會被抓住。琪琪胡亂甩著手，身體向前傾斜，不顧一切的跑啊跑。

這時，琪琪的腳不小心被什麼東西絆倒，鞋子掉了，身體懸在半空，接著便滑倒在長滿樹根和草叢的凹凸不平的地上。

「好痛！」

疼痛從腳踝蔓延到頭部。

不知道是被泥土磨到還是被草割到，膝蓋和手掌都感到一陣陣刺痛。琪琪頓覺無力，一屁股坐在地上。

「吉吉——」

琪琪按著喘著粗氣的胸口，大聲呼喊著。她的叫聲拖著長長的尾音，迴盪在黑暗中。

伸手不見五指，眼前的一切都籠罩在黑暗中，好像被一塊黑布蓋住了。琪琪蜷縮成一團，抱著渾身疼痛的身體。

以前，可琪莉夫人和歐其諾曾經說過，因為這個世界現在已經沒有真正漆黑的夜晚，也沒有完全無聲的安靜了，所以魔法愈來愈少。

但那根本是騙人的。這裡不正是漆黑一片，什麼都看不到嗎？

琪琪覺得黑暗中彷彿有許多隱藏的眼睛看著她。

風無聲無息的吹著，好像有什麼東西隨著風慢慢靠過來。琪琪瑟瑟發抖，再也忍不住內心的恐懼，小聲的抽泣著，身體不由自主的往後退。

這到底是哪裡？應該是在森林裡……但好像被帶到了另一個世界……一定是剛才的澤澤女士幹的。她讓人渾身不自在。聽說，從前有的魔女會莫名其妙的遭到討厭，隱身在祕密的地方。這些魔女會帶著恨意，研究出可怕的魔法……

琪琪的腦海中不斷浮現出各種可怕的念頭，嚇得忍不住更用力抱緊自己的膝蓋。魔女的衣服是黑色中的黑色，此刻卻和黑夜融在一起，只能看到自己淡淡的身影，隱約才能看到袖子下的雙手。

空氣冰冷刺骨，琪琪的身體開始發抖。她用雙手抱著身體，搖搖晃晃的想要起身。要趕快逃。剛才跌倒時可能扭到了腳，腳踝一陣抽痛，根本站不起來。琪琪伸手亂抓著，試圖尋找任何可以抓的東西，但很快又跌倒了，好不容易摸到的東西也從手心滑走。琪琪心驚肉跳，渾身疼痛，又覺得自己好孤獨，於是像小嬰兒般哭了起來。

突然間，她好像摸到了什麼。琪琪趕緊伸手一抓，原來是一棵大樹的樹幹。琪琪像發瘋似的跳了起來，雙手緊緊抱著樹幹。樹幹的表面很粗糙，琪琪哭著用手摸著粗糙的表面。在這如同無底沼澤般的漆黑森林中，在這個好像一切都在和琪琪作對的森林中，這棵粗大的樹木似乎在呼喚著琪琪。琪琪把身體用力壓在樹幹上，緊緊的抱住。

不一會兒，琪琪冰冷的身體感受到來自樹木深處的溫暖，同時，無聲而柔和的聲響傳遞到琪琪彷彿被刺傷而疼痛的傷口，這柔和的音響安慰著琪琪。口乾舌燥得無法呼吸的琪琪終於慢慢恢復了，很久以前被緊緊擁抱，有人輕輕拍著背的遙遠記憶漸漸甦醒，琪琪的呼吸也緩緩平靜下來。有一股淡淡的、如熱氣般的安心感在她體內擴散，琪琪的身體也滑了下來，蜷縮在樹根下。

不知道過了多久，也許只是短短的一剎那，琪琪突然醒了過來，四周仍然漆黑一片，但她僵硬的身體似乎慢慢放鬆了。琪琪眨著眼睛，看著這片黑暗，體內有一股暖流蠢蠢欲動，同時，在眼瞼深處所看到的，是第一次騎著掃帚飛上天空時的那一片藍。那是她第一天浮在空中，像在天空滑行般飛翔，腳下是一片像燒焦了似的紅屋頂。那是多麼令人心曠神怡。琪琪回想起那一刻的感覺。那時候，她覺得自己可以自由自在飛到天空中任何一個地方，她重新找回了那種自由、喜悅的心情。

那時候，我真的想成為魔女。

琪琪回想起當時沒有人強迫自己，而是自己做出決定的自豪心情。

這一陣子，琪琪整天都感到不滿。雖然當魔女、喜歡蜻蜓都是自己決定的事……我已經很努力了，卻沒人理解我……為什麼？大家都不了解我。我那麼喜歡蜻蜓，蜻蜓卻根本不放在心上。大家好像都討厭我，琪琪失去了自信，但她不願意這麼想，所以才會整天抱怨。夏天開始之後，這種心情一直影響著琪琪。

所以，當大家圍著她，稱讚她「魔女好厲害！」時，她便不分是非黑白，覺得整

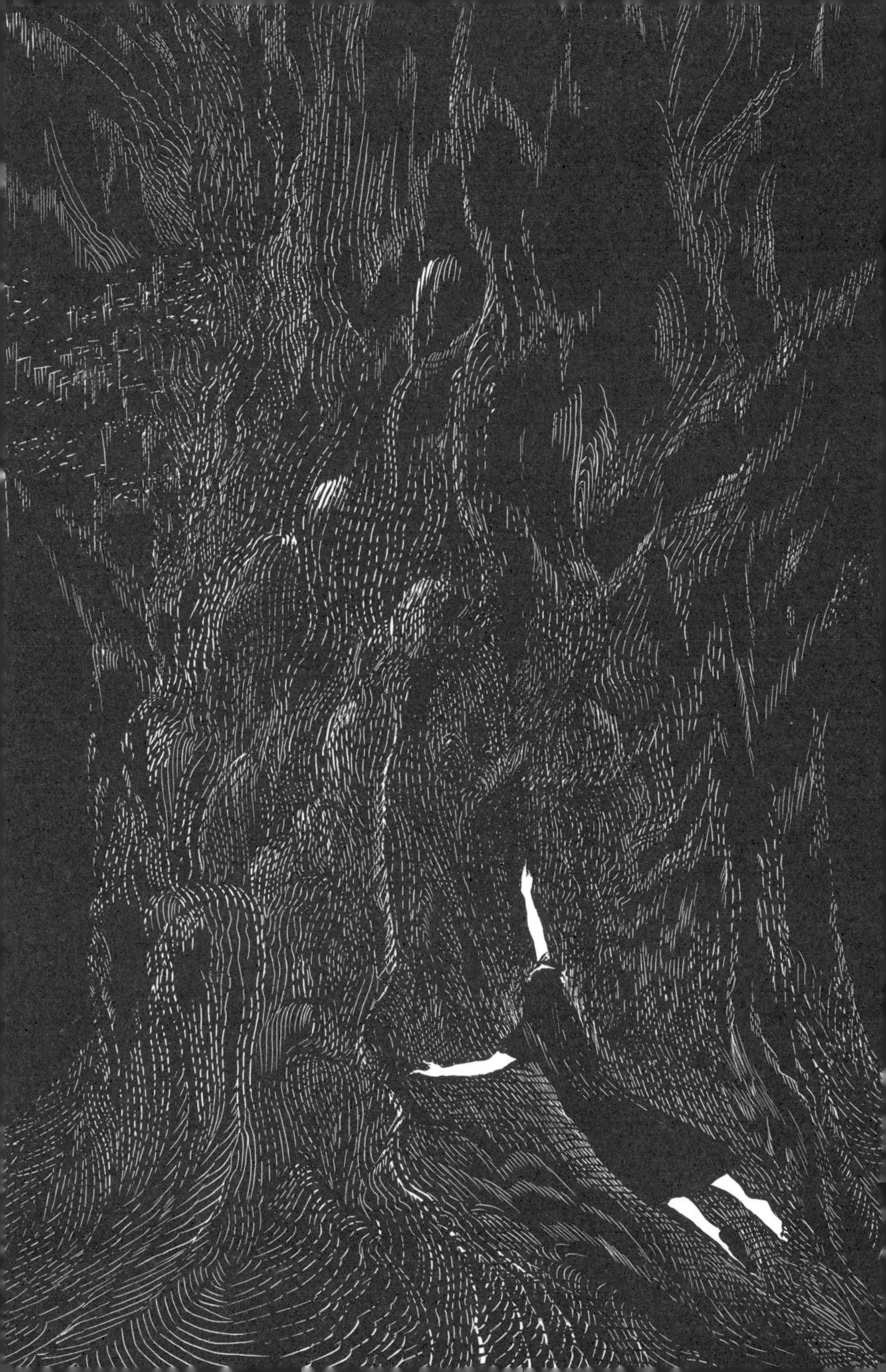

個人都輕飄飄的。這簡直就和那個女孩子說的一樣，自己只是綁在巧克力上的禮物緞帶。大家都說魔女很有智慧，但是當孑然一身的時候，只會在黑暗中嚇得哇哇大哭。琪琪的能力甚至連小亞都不如。

魔法愈來愈少了。這難道是在說琪琪嗎？

琪琪用力吸了一口氣，腳上的鞋子掉了，她只能光著腳走路。隱約聽到遠遠有河流的水聲。她走了一會兒，周圍微微變亮了，琪琪看到先前咚一聲跳過的小河。這時，她突然想起小亞的木棒。

「大人要自己去。」

小亞曾經對琪琪這麼說過。或許，琪琪不需要帶著木棒，就能獨自抵達小亞說的那個世界。

半圓形的月亮從後方的山上露了臉，琪琪的身影映照在樹木和樹木之間。琪琪第一次這麼清晰的看到自己的影子。

身後傳來青草沙沙的聲音，吉吉跳了出來。

一個男人走在吉吉的身後。

「琪琪，這個人叫諾拉奧，是我的朋友。」吉吉若無其事的說。

琪琪驚訝得說不出話。

「去年我不是離家出走嗎？當時就是他幫了我的忙。剛才，我聽到了諾拉奧的口哨聲。」

「妳好！」

男人從樹叢中走出來，摘下帽子，向琪琪欠了欠身。

「這是妳的貓嗎？」男人笑著問。

琪琪默默的點了點頭。

「呵呵，妳這身黑衣服……這麼說……妳就是傳聞中的……克里克城的魔女小姐嗎？」

「對。」

「……這麼說，這隻貓是魔女貓囉？牠看起來嬌生慣養，卻很逞強，我那時就想，牠一定是好人家的貓。原來如此，牠是貓，卻不敢吃一整尾魚，真難想像有這樣的貓……」

「妳看，他是不是很毒舌。」吉吉哼了一聲。

「請問……你真的叫諾拉奧先生嗎？啊，對不起，我一開口就說這麼沒禮貌的話。」琪琪說。

「對，我在克里克城賣高麗菜。我自己也種了一些高麗菜。」

「剛才，我在澤澤女士的家中偶然看到一張紙條，上面寫著『丟棄諾拉奧，找回諾拉奧』。」

「哇哈哈哈，那一定是我寫的，是不是一張便條紙？」

「對，但這句話很不可思議……」

「沒錯，是我的咒語。真不好意思，竟然被別人看到了。」

諾拉奧先生用手上的帽子輕輕撫摸自己的臉頰。

琪琪注視著諾拉奧先生。

「其實，也不是咒語這麼誇張啦。我以前曾經失戀過，明知無法挽回，卻仍然惦記著她……整天失魂落魄、愁眉苦臉。那時候，我痛苦到完全無法振作，覺得這個世界根本不需要我，很想讓自己從此消失。我漫無目的的徘徊著，有一天晚上，突然走進了這片森林。森林裡一片漆黑，覺得自己好孤獨……終於忍不住哭了起來。我原本打算自我了斷的，沒想到心情突然開朗起來，想要再活一次看看……所以，我在這個森林中，重新找到了自己……之後，我遇見了這家旅館的澤澤女士，那已經是很久以前的事了……從那以後，每當我有什麼不順心，就會回到這裡，尋找自我。咦……魔女小姐……妳該不會也和我一樣吧？」

諾拉奧先生探頭看著琪琪，又看看琪琪光著的腳。

「對，我也覺得好像找回了什麼。」琪琪不好意思的低頭回答。

「不過，嚇了我一跳，這隻貓剛才竟然撲到我身上。」

諾拉奧先生彎下腰，拍了拍吉吉的背。

「琪琪，妳告訴他，我的名字不是貓，我叫吉吉。」

吉吉不滿的發出喵、喵的聲音。

「咦？牠在不高興什麼？」諾拉奧先生問。

「牠說，牠叫吉吉，請你叫牠的名字。」琪琪笑著抱起吉吉。

琪琪他們走著走著，看到小道屋的方向亮著燈光，傳來澤澤女士的聲音。

「跑去哪裡了？」

「在這裡。」

琪琪和諾拉奧先生異口同聲的回答。小阿吉河閃閃發亮，澤澤女士拿著煤油燈，站在小河的那一端。

琪琪和諾拉奧先生一起咚的一聲跳過小河，跑了起來。

「琪琪，妳到底跑去哪裡了？一轉眼就不見人影，啊，太好了，終於回來了。」

澤澤女士抱住跑過來的琪琪。

「我還以為妳回家了，正在發愁沒有和妳說再見。唉喲喲，妳怎麼光著腳！」澤澤女士看著琪琪的腳說。

「我跌倒了，鞋子不見了。」

為什麼我剛才一直懷疑她……我的確不太對勁。

琪琪看著澤澤女士微笑的臉龐想道，覺得很不可思議，彷彿自己換了一雙眼睛。

「湯煮好了。」

澤澤女士拉起琪琪的手。澤澤女士的手像剛才森林裡的樹木般硬硬的，但很滑潤，散發著溫暖。

「哇，太好了。」諾拉奧先生探著頭說。

「咦？這不是諾拉奧先生嗎？唉喲唉喲，你又是走路過來的嗎？你每次都不打一聲招呼就突然上門。不過今天剛剛好，有你喜歡的糊糊湯。今天的湯很棒，絕對比平時更好吃。」澤澤女士說著，一邊望著屋外那一片黑暗。

桌上點了三根蠟燭，散發出香噴噴的味道。

「琪琪特地送這個打蛋器過來，果然比用柳樹枝做的打蛋器好用。我煮了一鍋好湯。肚子餓了吧？去那個森林，特別容易讓人肚子餓，尤其是晚上……」

澤澤女士輪流看著兩個人的臉，笑著說。琪琪看著澤澤女士，心想，她或許也曾經在那片森林中找回了自我。琪琪和諾拉奧坐在桌子旁，吉吉的盤子則放在椅子上。琪琪裝了一口湯，放進嘴裡，情不自禁的「呼哇」的叫了起來。帶著一點點酸味的黏稠口感在琪琪的嘴裡慢慢擴散。

這時，琪琪發現剛才遍尋不著的掃帚，就放在通往廚房的那扇門後方。

「啊，我的掃帚……澤澤女士，是妳幫我找到的嗎？」

琪琪站了起來，拿起掃帚。

「不，我什麼都沒做。應該剛才就在那裡了吧？」

澤澤女士回過頭時，露出納悶的表情。

「噢，是，對啊，一定是這樣。剛才，我太慌張了……竟然忘了來這裡找一找。我真是糊塗，吵吵嚷嚷了半天，真不好意思。」

琪琪滿臉歉意的縮著脖子。

「啊，對了，琪琪，妳今天晚上不是有很重要的約會嗎？」澤澤女士擔心的問。

「對，剛才我很想去，但一直找不到掃帚，所以才會像被什麼東西附身一樣，急得像熱鍋上的螞蟻，根本沒有靜下來仔細思考。我真的太糟糕了。」

「來到這種窮鄉僻壤，任誰都會遇到這種情況，這也難怪。」

澤澤女士用力點頭。

「我本來和別人約好，大家聚會玩樂一下。明天，我會寫一封道歉信送過去。」琪琪說。

「不過，得先去森林裡找到妳的鞋子。」澤澤女士面帶笑容，語帶調侃的說。

6 琪琪，前往雨傘山

琪琪又收到了蜻蜓的信。

琪琪，最近好嗎？

我很慶幸自己來到雨傘山。上次，我去山下的商店寄信給妳時，店裡的阿姨問：「你一個人住在山上嗎？晚上會不會感到害怕？」

老實說，晚上的確很叫我感到害怕。說起來有點難為情，其實，我從來沒有一個人生活過。我覺得妳很厲害，妳在十三歲的時候來到克里克城，所有的事都自己張羅，我卻很膽小，每天太陽下山後，就悄悄鑽進帳篷，把頭縮進睡袋呼呼大睡。而且，我還安慰自己，蜻蜓不會在晚上飛。山裡面晚上很安靜，但白天很熱鬧，可以聽到各種不同的聲音。風穿過天空的聲音、風穿過樹葉中間的聲音；樹枝折斷、樹葉掉落的聲音。安靜的時候，甚至可以聽到花朵綻放的聲音。當然，還可以聽到各種動物發出的聲音，像是吃東西，或是很像打呵欠的可愛聲音。不過，熱鬧的不只有聲音而已，這座山裡的一切都在呼吸，一會兒吸，一會兒呼，即使不動如山的石頭和地面……都可以感受到無聲的呼吸。一個人在山裡的時候，可以感受到來自四面八方的聲音。想到我也是其中的一分子，和大家一起呼吸著，就覺得格外興奮！

但是，這樣等於只看了這座山的一半，如果害怕黑夜，就永遠無法在夜晚做事了。於是，在那個阿姨問我怕不怕的那天晚上，我下了決心，不能再躲進被子裡逃避了。

琪琪從信上抬起頭，喃喃自語道：「蜻蜓和我一樣……」又繼續看信。

天色漸漸暗了下來，結果，白天還是一片晴空萬里，到了傍晚，竟然湧出很多雲，厚厚的籠罩在山上。沒有月亮，當然也看不到星星，山裡一片漆黑。我鼓起勇氣，想去山裡走一走，但剛走出帳篷，就已經搞不清自己身在何處了，原本清晰可見的那魯那城的燈光也看不到，根本無法分辨方向。我坐在地上，神情緊張的環顧四周，真的是不安到了極點。這時，我覺得黑夜慢慢向我靠攏，似乎想把我吞噬。我害怕得低下了頭，把身體縮成一團，盡可能不要讓躲在黑暗中的可怕東西發現我。結果，我發現夜晚的山比白天更加熱鬧，我可以聽到周圍所有一切用力呼吸的聲音，連我的身體也可以強烈感受到。「這到底是怎麼回事？」我想。琪琪，妳知道的，我對任何事，都很想了解其中的道理。整天都在問為什麼？為什麼？當初，我也很想知道妳為什麼可以飛，想了解其中的道理，拚命在妳身上找原因。我覺得接受妳會飛這個事實，就好像承認自己是笨蛋一樣，並不能輕易做到。當妳出現在克里克城時，我不是曾經偷了妳的掃帚嗎？那時候，妳對我說：「不是掃帚在飛，是魔女的血液在飛。」這句話，帶給我很大的震撼，我不敢相信，無論怎麼想破頭，這個世界上竟然存在一種可以超越思考的力量。

當時，我完全無法理解。我覺得，妳天生充滿了不可思議，是和我完全不一樣的特殊人種。雖然我很羨慕妳，但總覺得很懊惱，很想和妳一較高下……絕對不願意在妳面前認輸。

然而，當我坐在黑漆漆的山裡一動也不動，感受到山裡所有一切的呼吸時，無論我問多少個「為什麼？」，也不會有任何人回答我……這或許是理所當然。也就是說，這個世界充滿了「哇！哇！」的事。對了，就像魔女的血液一樣。想到這裡，我內心的膽怯消失不見了，黑漆漆的山變得格外有趣，我莫名其妙的興奮起來。充滿未知的世界讓我覺得樂趣無窮，於是，心情也變得更加自由自在，籠罩在內心的懊惱也煙消雲散了。我身上也有很多未知的東西，說不定，我的體內也流著不可思議的血液。雖然我無法像妳那樣在空中飛翔，也無法在空中翻筋斗，但我一定可以在別的地方翻筋斗，也許……不，一定是這樣的。對，沒問題！我愈想愈興奮！

琪琪，我和妳活在同一個世界中！沒錯，就是這樣！

在一片漆黑中，什麼都看不到，卻反而可以更清楚的看見自己。這是一種很棒的感覺。這是這座山告訴我的。這幾年，我的心情始終很焦躁，如今終於平靜下來了。我第一次發自內心的喜歡妳的一切。我喜歡魔女琪琪，也喜歡名叫琪琪的魔女。

琪琪的視線從信紙上移開，茫然的站在那裡，眼中泛著淚光，手上的信紙微微發抖著。蜻蜓的信繼續寫道：

然後，我好像就在原地睡著了。當我被一陣寒意驚醒時，山裡正迎接黎明的到來。太陽從妳所在的克里克城的方向升了起來。這時，我聽到嗶嘰、嗶嘰的聲音，抬頭一看，不知道是哪一種樹的樹葉飛滿了天空，好像在玩耍嬉戲。我跳了起來，抓住樹葉，在清晨的微光下看，樹葉竟然和我之前做的竹蜻蜓長得一模一樣。正中央有一顆小種子，好像是剛生出來的，即將飛向遠方生長，就像琪琪飛來克里克城一樣。我拿起一小片，輕輕一丟，讓它飛了出去。樹葉飛啊飛，好像在急著趕路，小小的身體中，帶著雨傘山裡所有一切的呼吸，飛向遠方。原來，

即使在這麼小的樹葉身上，也隱藏著許多不可思議的神奇。好厲害，太厲害了。我好感動。我也要飛。

這是一個充滿喜悅的早晨。

蜻蜓

琪琪抬起頭，蹦蹦跳跳的靠近窗戶，踮起腳，凝望著遠方的天空。這也是一個令琪琪充滿喜悅的早晨。這時，琪琪手中拿著的信封裡，輕輕飄下一片有如樹葉般的東西，好像就是蜻蜓在信上寫的種子。琪琪用手指拿起樹葉，注視了好一會兒，用力丟向窗外。種子先飄往琪琪的方向，隨即被空氣帶上了天空，飛到了藥草田的後方。

「啊，飛走了，沒有回來……」

琪琪轉動著眼珠，看著種子消失的方向。

然後，琪琪的眼睛亮了起來，自言自語說：「嗯，對，我要飛，我要飛過去。」

過了一會兒，琪琪突然對吉吉說：「不好意思，今天我要公休。我想出門，麻煩你看家。」

「啊？」吉吉從床鋪下鑽了出來，發出驚訝的聲音。

琪琪沒回答，只是跳到鏡子前面，把之前用熨斗燙過的緞帶綁在頭髮上，然後，把蜻蜓以前送她的小包包掛在身上。

「我走了。」琪琪大聲叫著，迅速騎上掃帚，從家門口起飛，不斷爬向高空。琪琪的身影漸漸變小了。

吉吉追到門口，張大嘴巴仰望著天空，完全不知道發生了什麼事。

琪琪朝著西方，蜻蜓所在的那魯那城，也就是琪琪每天看著地圖而瞭若指掌的那座城市飛去。越過三座高山後，看到了在除夕夜有勾手指習俗那座城市的大鐘樓。不同於克里克城的馬拉松大會，這座城市的人們聽著新年的鐘聲相互勾手，相互勉勵明年也要和睦相處。

天空中的風比想像中強勁，乾爽的風令人感受到夏季已經快結束了。琪琪的頭髮被風吹向後方，發出沙沙、沙沙的聲音。

終於，她看到了和蜻蜓畫的地圖一模一樣的城市。環顧四周，立刻看到坐落在平坦土地正中央的雨傘山。琪琪飛了過去，看到山頂上有一棵巨大的樹木，外形就像是一頂圓圓的雨傘。那座山看起來比想像中更加巨大，琪琪高興得用力翻了一個筋斗，一下子就飛到了雨傘山前。當琪琪飛到山前時，才發現山上長滿了鬱鬱蔥蔥的樹木，完全搞不清楚該在何處降落，也不知道蜻蜓人在哪裡。

琪琪用力抓著掃帚，朝著山頂的那棵大樹慢慢降落，然後伸直雙腿，試圖站在樹頂上。但試了好幾次，樹木都劇烈的搖晃著，根本無法站穩。琪琪雙腿用力，想跨坐在樹枝上，卻因為用力不當，身體搖晃了一下，還來不及大叫，便在下方茂密的樹梢上彈了幾下，跌了下去，又翻又滾，費了好大的力氣，好不容易才抓住了掃帚柄。

這時，不知道哪裡傳來「叮鈴鈴、叮鈴鈴」的聲音。

「啊，這個聲音！」

琪琪的身體顫抖了一下。那是琪琪想忘也忘不了的聲音——琪琪小時候練習飛行時，綁在樹上的鈴鐺。她飛行時經常東張西望，一不小心就會愈飛愈低，腳勾到鈴鐺時，就會發出聲響，大家都稱之為「小琪琪的鈴聲」。琪琪在克里克城完成一年的魔女修行，回到自己從小生長的城市後，仍然決定回到克里克城生活，當時，她帶了一個鈴鐺回來送給蜻蜓。而蜻蜓把這個鈴鐺綁在雨傘山的樹上，正是，剛才琪琪踢響的鈴鐺。

「我的鈴鐺！」

琪琪的內心感到雀躍不已，身體更是如此，一下子撞到這棵樹，一下子碰到那棵樹，一口氣滾了下去。

「琪琪、琪琪。」

下面傳來蜻蜓驚訝的聲音。

「啊，我、我，啊，救命。」

琪琪慌忙揮動著手腳，撞到了樹枝，隨著啪啦啪啦的聲音掉了下去。

「這裡、這裡。」

蜻蜓跑了過來，高舉著雙手。琪琪分散了注意力，不小心撞到一根很粗的樹枝，咚的彈了一下，剛好抓住跑過來的蜻蜓。兩個人在地上翻滾了好幾下，撞到一根很粗的樹幹，才終於停了下來。他們一屁股坐在地上，哈、哈的喘著氣，根本說不出話。過了好一會兒，蜻蜓才上氣不接下氣的說：「哈、哈，妳來了。」

「嗯、嗯。」

琪琪也說不出話，只好拚命點頭。當琪琪好不容易平靜下來，調整坐姿時，看到自己的樣子，不禁嚇了一大跳。袖子撕破了，手上和腳上都擦傷，精心綁在頭上的蝴蝶結也散了，邋遢的垂在肩上。原本小心翼翼保護好的小包包纏繞在脖子上。

可能是因為擦傷的關係，琪琪感到右臉隱隱作痛，想必自己的臉已經慘不忍睹了。琪琪轉頭看著坐在自己身旁的蜻蜓，發現他也滿身的泥巴和枯葉。

「呵呵呵。」琪琪笑了起來。

「我本來還想來個華麗登場的……呵呵呵。」

「真好玩，我們第一次見面時，我也跌得很慘，這次又是……呵呵呵……不過，看到妳來，我真是太高興了。琪琪，我很想帶妳看看這座山，真的很想。」

蜻蜓拍了拍長褲上的塵土，站了起來，微微欠了欠身，用誇張的表情說：「好，我帶妳參觀我的山莊。」

蜻蜓牽著琪琪的手走了起來。琪琪用手帕擦著臉，跟了上去。

蜻蜓的山莊被大樹圍了起來，就像是雨傘山中的雨傘。

「我正打算喝茶，沒想到，客人就從天而降了。」

蜻蜓笑著，打開露營用的小瓦斯爐，把一只小鍋子放了上去。琪琪坐在地面隆起的樹根上觀察四周。就如信上所寫的，蜻蜓的確在山居生活中發揮了不少創意。頭頂的樹枝上掛著背包和袋子，較矮的樹枝上掛了毛巾，樹洞裡還插了幾朵野花。

「這裡也有茶樹，我把樹葉撕碎晒乾後泡來喝，味道還不錯。」

蜻蜓把幾片茶色的樹葉放進鍋裡，便熄了火。茶有點澀澀的，帶著一點甜味。

「琪琪，妳來得正是時候，我朋友馬上就會出現了。妳過來這裡。」

蜻蜓撥開樹枝，走到一個可以照到太陽的小空地上，然後趴在地上說：「琪琪，學我這樣，然後靜靜等待。」

琪琪在蜻蜓身旁趴了下來，學蜻蜓的樣子，用雙手托著臉。不一會兒，看到小蝴蝶好像在玩遊戲般飛過來，一下子又飛走了。

「妳看、妳看，來了、來了。」

蜻蜓小聲的說。琪琪張開眼睛，原來是一隻紅色的蜻蜓。紅蜻蜓飛了過來，轉了一圈，又轉了一圈之後停下，翅膀垂了下來，好像在看著他們。

「最近，牠每天都會出現，而且每天出現的時間都相同。我認為牠是我的朋友……」蜻蜓笑著說。
「穿紅裙的瘦子。」琪琪也小聲的說。
「妳伸長脖子看一下，可以在牠的眼睛裡看到自己。」
琪琪看著紅蜻蜓的眼睛。牠的眼睛好像聚集了很多玻璃顆粒，裡面有許多黑色的點點。
「妳看，是不是有很多個妳？」蜻蜓也探頭看著說。
蜻蜓的臉就在眼前。
「你覺得紅美這個名字怎麼樣？」琪琪把自己的臉貼近蜻蜓的臉，輕聲呢喃道。
「嗯，太適合了。」
蜻蜓轉過頭，凝視著琪琪。
一會兒後，紅美突然飛了起來。兩個人同時抬起頭，目光追隨著紅美遠去。
「每當牠飛起來時，我就覺得自己也和牠一起飛上了天空。」蜻蜓說。

「是你把鈴鐺綁在樹上的嗎？」

琪琪仰望著遠方的樹枝。

「嗯，我想，應該盡可能綁在高一點的地方。有時候聽到鈴鐺聲，就以為是妳來了……但通常都是鳥。那些鳥也被嚇到，露出驚惶失措的樣子，實在很好玩。不過，今天倒是嚇了我一跳。」

蜻蜓開玩笑的瞪大眼睛，有點不好意思的低下了頭。

淡淡的雲靄從山腳下慢慢湧現，隱隱約約可以看到那魯那城。他們不知不覺的牽起了手，站在那裡。白色的雲靄籠罩著兩人，周圍的樹木、青草好像蒙上了一層薄紗，彷彿周遭的一切都自動迴避了，不願打擾。

「沒有風的日子，傍晚總會這樣。妳看，那裡不是隱隱約約看得到綠色的屋頂嗎？那就是我就讀的學校。」

「我看到了那魯那城，也看到了蜻蜓的學校，還參觀了你的山莊，簡直像在做夢。」

琪琪把臉靠近蜻蜓，輕聲細語著。

「今天好高興！好開心！真的太棒了！之前，我也走進了一片漆黑的森林，但我走出來了……我也有和你一樣的感覺……」

這時，蜻蜓的手摟著琪琪的肩膀，像一陣輕風般，輕輕的吻了琪琪的雙脣。

這時有一道光穿越了琪琪的身體。她張大眼睛，一眨也不眨的看著蜻蜓。蜻蜓也直直的站在原地看著琪琪。突然間，琪琪的內心響起一個聲音，這個聲音經由他們緊握的雙手，傳遞給蜻蜓。內心的激動，手上的溫暖，都經由緊握的手，靜靜的將兩個人的心意結合在一起。

琪琪將臉埋在蜻蜓的胸前，覺得自己已經渡過了難關。

琪琪在紅美出現的小草地上起飛了。

「再見，改天見。」

「嗯，改天見。」

琪琪揮著手，在山的上空盤旋，隨著風愈飛愈高。

蜻蜓跳上了附近的樹枝，又跳到旁邊的樹枝上站穩後，用力揮著雙手。

琪琪愈飛愈高，不停向蜻蜓揮著手。終於，那魯那城、雨傘山和蜻蜓都被紫色的雲霧淹沒了。琪琪又大聲叫著「再見」，朝克里克城的方向飛回去。

7 夕陽路的盡頭

走在這條街上　啊哈哈
配合腳步聲　啊哈哈
可不可以和你一起走　啊哈哈
一起走向遠方閃爍的城市　啊哈哈

琪琪走在路上，小聲的哼唱著。

這條「夕陽路」，就是一年前，歌手高嘉美・卡拉小姐練習唱歌的地方。道路兩

側長滿了高大的樹木，愈往裡面走愈暗，好像一條隧道。或許是因為路不夠直，完全看不到前方到底是怎麼回事的關係吧。聽城裡的人說，這條路的盡頭有一幢古老的房子，但琪琪從來沒有走進去看過。

來克里克城開始獨立生活後不久，琪琪發現了這條路，之後便經常獨自站在路口，把無法向別人訴說的寂寞、煩惱一股腦兒的說出來，彷彿這條路的深處有人在豎耳傾聽，於是，她的心情就會變得舒暢。雖然只是自己的胡亂想像，但這個想像中的人也令她感到害怕，所以她從來不敢踏進去一步。去了澤澤女士的森林後，琪琪和之前不太一樣了，今天，她想走進這條路看看。

不過琪琪走路的時候，還是忍不住躡手躡腳，唱歌的聲音也愈來愈輕。

琪琪把手放在身後，把掃帚藏在背後，走進那條路。吉吉伸長了脖子，跟在琪琪的後頭。

兩旁的大樹樹幹很粗，纏繞在樹頂的常春藤垂了下來，琪琪聽說，有時候，鳥兒會把種子帶到樹上，種子就會生根發芽，慢慢向下生長。路稍稍變窄了，微微向左彎曲。腳下傳來小昆蟲的鳴叫，琪琪探頭朝潮溼的草叢一看，發現蝸牛正在緩緩爬行。

「你看，這隻蟲好小，牠獨自在這裡生活嗎……啊，你看、你看，樹的後面有蝴蝶……不需要這麼亂飛嘛，你覺得牠在想什麼？啊，又飛得歪七扭八了。啊，還有蜥蜴！溼溼的身體會發光哩，身材好纖細、好優雅，看到了嗎？你要注意認真看嘛。」琪琪彎下腰，對吉吉說道。

「看到了啦。妳為什麼突然整天都在聊昆蟲啦、蜥蜴之類的，到底是受了誰的影響？妳太好懂了、真是單純，受不了妳。」吉吉生氣的說。

前方吹來徐徐的暖風，道路的前頭突然亮了起來。琪琪鬆了一口氣，跑了過去，眼前是一片灑滿陽光的草原。四周明亮，卻格外寧靜。原本聽說已經不在了的那幢房子，仍然聳立在那裡，但並不是傳聞中的豪宅，而是一幢小房子。紅棕色的屋瓦上長滿了青苔，牆上爬滿藤蔓，窗戶上用古老的木頭製

成的百葉窗緊閉著，宛如一座生在這裡、長在這裡的樹屋。

琪琪膽戰心驚的環顧四周。

「咘嘰、咘嘰。」

「嘰嘰、嘰、嘰嘰嘰。」

琪琪聽到了鳥啼聲，鳥兒好像在竊竊私語的討論著眼前的不速之客。房子前是同樣用古木拼湊起來的桌椅，上面還留著曾經放過杯子的痕跡。難道有人住在這裡？

「打擾了，」琪琪小聲的說，然後，又繼續說：「只是一下下而已……」她坐到桌旁的椅子上，仰望著天空。吉吉也跳上了旁邊的椅子，鼻子朝上，用力吸了一口氣。

太陽正慢慢西斜。這裡是庭院，還是這條路

的盡頭？吸收了滿滿陽光的青草味道，從腳下緩緩湧起。野花錯落有致的盛開著。在昏暗的夕陽路盡頭，竟然是這幅像調色盤畫出的美景。琪琪曾經多次飛過這條路的上空，卻只注意到夕陽路的黑暗，從來沒發現這座長滿青草的庭院。

「吸——、呼——」

琪琪伸直腰，用力呼吸。雖然是盛夏季節，氣溫和輕風都令人感覺無限舒暢。

走在這條街上　啊哈哈
配合腳步聲　啊哈哈
可不可以和你一起走　啊哈哈……

琪琪再度對著天空小聲的唱了起來。

嘎——

琪琪聽到門輕輕打開的聲音。

琪琪驚訝的轉過頭，站了起來，一個年紀和媽媽可琪莉夫人差不多的女人端著一個托盤，上面放了兩個杯子，杯子裡裝著淡粉紅色的飲料。

「啊，對不起，我不請自來。」琪琪縮起肩膀說道：「因為這裡感覺很舒服。」

女人微微搖了搖瘦小的臉，好像在說「沒關係」。

不知道是不是因為浮雲移動的緣故，陽光突然變得強烈，四周更加明亮了。強烈的光線刺得女人眨了眨眼睛。

「妳住在這裡嗎？我聽說這裡沒人住……」

「對，我才回來沒多久……之前，我都待在國外，但還是很懷念這裡，一直很想回來……」

女人看了一眼房子的方向。

「如果妳有時間，可不可以請妳陪我一下？哇，還有貓咪……不好意思，沒有東西可以招待你。」

女人將托盤放在桌上，把杯子遞給琪琪。

琪琪接過杯子，放在陽光下照著。

「好漂亮……的顏色。」

「這是山櫻桃果汁。是那棵樹上結的果實，泡在蜂蜜中，就變成這種顏色……太不可思議了。」

女人指著門旁和琪琪差不多高的樹木說。邀琪琪坐下後，自己也跟著坐了下來。

「十三年前，因為某種原因，我離開了這裡，沒想到，那排樹木已經長得這麼茂密了。幸好這幢房子沒什麼損壞，只是有點歪了而已，呵呵呵。我之前住在南方的沙漠附近。這裡真好，空氣很溫暖，綠色很柔和，幸虧我提早回來了……啊，我很久沒有和城裡的人說話了……我太高興，一直談自己的事……啊，妳請喝。」

女人向後撫摸著花白的頭髮，用清澈的灰色眼睛注視著琪琪。她的臉頰凹下幾條很深的皺紋，可能是以前酒窩的痕跡。

「那我喝了。」

琪琪拿起不斷冒著小氣泡的杯子，喝了一口。

「啊，真好喝。」
在這條林蔭道的盡頭，果然有親切的人在等待自己。琪琪心裡想道。
「咦，這掃帚……是妳的嗎？真稀奇，上面還掛著收音機。」
女人好奇的看著放在椅子旁的掃帚。
「對，其實我是……」琪琪點頭說道。
「什麼？」女人納悶的偏著頭。
「喔，我說，我是魔女。是不是很奇怪？我從四年前開始住在這座城市裡。妳不要驚訝，世界上至今還有魔女，所以掃帚……」
「什麼？」
女人瞪大眼睛。
「要用掃帚做什麼？」
「飛到天上，幫客人送東西。」
「飛到天上……」
女人突然抬頭看著天空。

「那麼高的地方嗎？妳是魔術師嗎？妳會魔法？原來妳有魔、魔力。」

女人臉上露出興奮的表情，兩眼炯炯有神，身體往前傾。

或許對自己的大驚小怪感到不好意思，她又嘀咕了一句「怎麼可能」，把身體靠回椅子上。

琪琪慌忙搖搖頭。

「不，沒什麼了不起，只是會坐在掃帚上飛天而已，雖然是魔女，但我只有這個本事。」

「喔，是嗎……原來妳只會飛。不過，這也夠神奇了。」

女人拚命眨著眼睛，似乎在掩飾著內心的失望。

「對不起，我有點名不符實。」

琪琪忍不住低下頭。

「沒這回事，妳會飛啊。能飛就很棒了，真的，太棒了。我常忍不住期待……會有奇蹟……唉喲，我又亂說了……應該說，會飛是一種奇蹟。」

「我的工作是受客人委託，幫忙送東西。我希望自己會飛這件事，可以對大家有幫助，也希望可以生活在這座城市裡。我的工作叫『魔女宅急便』。」

「是嗎？真是一份好工作。我從窗戶看到妳走進庭院，就覺得好像會有好事發生……我已經好久沒有這種感覺了……真的……對了，我知道了，妳幫我帶來了好事。啊，如果是這樣就好了。不，一定是，有好運要降臨了。」

女人握著手，祈禱般看著天空。

「因為，竟然出現了一個這麼可愛的女孩子。」

女人的臉頰紅了起來。

「對不起，我不是來送東西的……我只是來這裡散步。」琪琪滿臉歉意的說。

「不，妳坐在這裡，就好像給這幢房子帶來了生命，連鳥都發出很好聽的聲音，大家都為妳的到來感到高興。」

女人回頭瞥了一眼後方的窗戶，瞇著眼看著琪琪。

「啊，多美好的時光，好久沒有這樣了。」女人深深的吸了一口氣，然後有所顧忌的說：「請問，小姐，」

女人突然停了下來。

「呃，請叫我琪琪。還有，這隻貓是我的夥伴，他叫吉吉。」
吉吉不知道什麼時候跳到窗臺上，擺出一臉酷相，坐在那裡。
「哇，你們的名字都好可愛。我叫艾兒，請多關照。」
女人把手放在膝蓋上，很有禮貌的鞠了個躬。
「呃，琪琪小姐，可不可以拜託妳一件事？妳有空的時候，可不可以偶爾來這裡坐坐？如果可以的話，希望妳能在天氣好的時候來這裡和我一起喝茶。因為，陽光實在太美了。對，讓掃帚把妳送過來，還有吉吉。」
吉吉從窗臺上跳了下來，好像在回答艾兒女士的話。
「妳會不會很忙……？」艾兒女士看著琪琪。
「不，我很高興。我一個人生活……這可以成為我生活中期待的事。這裡讓人感覺很溫暖，好像剛誕生的風景，讓人覺得這裡是很重要的地方。」琪琪說。
「剛誕生的風景……形容得太好了。」
艾兒女士抱緊了手上的托盤。

約好改天見面後，琪琪正打算離開，不經意的一回頭，看到來時緊閉的窗戶中，有一扇窗戶的百葉窗打開了一半。擦得一乾二淨的玻璃窗內，飄著蕾絲窗簾。

一星期後一個天氣晴朗的日子，琪琪再度造訪艾兒女士。琪琪走進夕陽路時，突然停下腳步，思考了一下，然後騎上掃帚。等吉吉慌忙跳上她的背之後，便從路上低空起飛了。

「既然要飛，就應該在高空飛，然後很帥氣的降落。」

「對啊，不知道為什麼，那個庭院很特別，總覺得非走這條路不可。」

穿過隧道，琪琪在圓形庭院周圍慢慢飛了一圈，才在地面降落。

「吉吉，我還是覺得這裡好特別，空氣剛好介於溫暖和冰冷之間……」

「嗯，身體有一種輕飄飄的感覺。」

「吉吉，你說得太好了。」

今天，窗戶上的百葉窗都打開了，玻璃窗的內側

掛著窗簾。其中的一道窗簾輕輕飄了起來，但馬上就恢復了原狀。

「打擾了，我是琪琪。」

「我正在等妳。」

門打開了，艾兒女士用圍裙擦著手，急急忙忙走了出來。

連帶飄出一陣甜甜的芳香。

「妳說今天要來……我烤了餅乾，趕快坐下。對了，琪琪坐在桌子對面，面對著這裡，吉吉坐在旁邊。對、對，這樣就可以看得很清楚。」

艾兒女士和上次不同，說話的速度變快了，可能是因為她等琪琪的時候想了很多事。

艾兒女士快步走進房間，再度抱著托盤走了出來。上面放著和之前相同的山櫻桃果汁，以及微微隆起的圓形餅乾。

「餅乾的形狀很好玩吧？」艾兒女士坐下來時說。

「我特地做的。這是我之前去的那個沙漠，特有的餅乾，顏色和那裡的沙子一模一樣。舉行嘉年華會的時候，大家都會做這種餅乾。」

艾兒女士拿起一片餅乾，放在琪琪手上。

「要用力咬，不需要太在意吃相。」

琪琪雙手拿著餅乾，咬了一口，掉下很多碎屑。

「很奇怪的餅乾吧？不過愈吃愈有味道。」

「真的很好吃。」

琪琪掩著嘴，以免餅乾碎屑飛濺出來。

「雖然很硬，卻很快融化，沙漠就是這種感覺。」

「很遠吧？」

「對，在比群星群島更遠的地方……在一片大陸的正中央，要坐好幾天的船才會到。船駛到那裡時，海洋的顏色會變得很深，感覺像是黑色。那裡很熱、很熱，因為陽光很強，而且一整年都是這樣，空氣很乾燥。對，在那裡，什麼都明確的分成兩部分，分得很清楚……尤其是陽光和影子。陽光和影子好像每天都在戰爭，和這裡完全不一樣。」

艾兒女士說到「分成兩部分」時，用手做出把空氣切成兩半的動作。

「一到晚上，就可以看到滿天星斗！不要說下雨，一整年都不會看到幾朵雲。星星感覺就像天空中的小洞，不會像這裡的星星那樣眨眼睛，於是我就會一動也不動的站在地上看，好像即使隱藏了什麼，也會立刻被發現。有時候，甚至會覺得這麼坦誠好嗎？……但如果自己不堅強，就會輸給天上的星星。那是我生長的故鄉。唉喲，我又一直在聊自己的事……」

艾兒女士害羞的笑了起來。

「我的故鄉比克里克城更小，天上有許多星星，應該說，我整天都抬頭望著星星。我發明了看星星時的咒語，每次都會說：『預感會有好事發生、預感會有好事發生。』」

琪琪一邊說，一邊回想起自己小時候看到的天空，比克里克城的晚上更暗。

「對啊！我第一次看到妳的時候，就預感會有好事發生。太不可思議了！可能是感受到妳的魔力……好事真的發生，因為我們成為好朋友了。以後我每天都會默念這句話，感覺心情特別好。」

艾兒女士的眼中泛著淚光。

「話語真是很美妙，更何況是魔女的話，一定隱藏著魔法。」

「不，沒有啦。每當我很脆弱時，我就會告訴自己不要哭，在心裡默念這句話……其實沒有魔法……」

「也許吧。魔法一定是脆弱之人的好朋友。」

艾兒女士看著琪琪，點了好幾次頭。

「嘿，吉吉。」

琪琪轉頭看窗戶的方向。吉吉不知道什麼時候跑去窗戶邊，向裡面張望著。

「謝謝招待，真好吃。吉吉，我們差不多該走了。」

琪琪站了起來。

「歡迎妳下次再來，我等妳。」

艾兒女士也跟著站了起來，更用力的說了一次「我等妳」。

「好，我一定會再來。我也很期待。」

琪琪拿起掃帚，騎上去，輕輕飄了起來。吉吉跑了過來，抓住掃帚尾。

「哇！」

原本已經站起來的艾兒女士，驚訝得又跌坐在椅子上。

「原、原來妳真的會飛。」

「這是我唯一的魔法。再見，我下次再來。」

琪琪揮著手，穿過了夕陽路的林蔭隧道。

「琪琪、琪琪。」

吉吉馬上跳到琪琪的肩上。

「艾兒女士的家裡還有其他人。」

「是嗎？我就知道……」

「妳知道？」

「不是，我只是猜測。是不是老年人？」

「不，好像不是……裡面很黑，我沒看

清楚，只看到影子……」吉吉語帶顫抖的說。

昨天就開始下雨，今天早晨好不容易才停了下來。琪琪再度走進夕陽路，打算去拜訪艾兒女士。那天之後，她又連續去拜訪了兩次，和她聊天。之後因為琪琪的工作很忙，再加上一連好幾天都在下雨，一直沒時間上門。

「今天這條路好像不太一樣，感覺很沉重。」

吉吉抬起頭，四處張望著。

「什麼意思？」

琪琪也環顧四周。

才相隔十天而已，的確感覺不太一樣。兩旁的樹木更綠、更茂密了，長滿了許多寄生蕨。

「唧唧——唧唧——」

隨著一陣尖銳的聲音，樹葉搖晃著，對面也傳來「唧唧」的蟬鳴。隨即，四面八方都傳來了蟬鳴。

「吵死了，耳朵都在嗡嗡叫。」

吉吉用前腿抱住耳朵。

「你看，地上有好多小洞，蟬就是從這些洞裡鑽出來的。這裡也有。」琪琪用掃帚掃開落葉說道。

「蟬會躲在地洞裡很久很久，等待出生的這一刻，所以，牠們正在為來到這個世界歡呼、慶祝。」

終於，隧道前方亮了起來。

「啊，太好了。我的身體都感到潮潮的。」

吉吉甩著尾巴，跑了過去，正打算走進青草庭院時，吉吉突然停了下來，琪琪也停下了腳步。果然和之前不太一樣。陽光滿地的中央空地上，今天看起來格外蒼白，格外寂靜。房子的窗戶也關得密密實實，木頭桌椅旁的草已經長到蓋住腳的高度。之前，琪琪每天造訪，艾兒女士都會快步出來迎接，今天卻沒看到她的人影。

「艾兒阿姨，午安。」

琪琪朝房子內張望，大聲叫著，卻沒人回應。

「我先坐囉。」

琪琪小聲的說完，坐在椅子上，看著眼前的樹木，仍忍不住不時瞥向屋內的房間。

吉吉也皺著眉頭，抬眼四處張望，躡手躡腳的走來走去。一陣涼風吹來，艾兒女士仍然沒出現，不僅如此，甚至完全感受不到人的動靜。琪琪拉了拉襯衫的領子，站了起來，朝房子走去，向關著百葉窗的窗戶張望，終於找到一塊缺損的木板，可以看到裡面的玻璃窗。她用手遮住光，昏暗的房間內，有一張像椅子一樣的東西，上面蓋了一塊布。

突然間，太陽從雲朵後探出頭來，從琪琪身後照進房間，屋內亮了起來。琪琪可以看到房間內的情況。椅子旁有一張小桌子，上面放著顏料和調色盤，還有一張背對著自己的畫，放在三腳架上。

「琪琪，上面有寫字。」吉吉跳上窗戶說。

琪琪踮起腳，看到剛好在她眼睛的高度，用刀子刻著「琪琪，請推開」。刻痕感覺還很新，時間應該沒隔太久。

「推開……是這裡嗎？」

琪琪把手放在窗戶的百葉窗上，用力一推。或許是按到了什麼機關，百葉窗鬆動了，往玻璃窗內打開。

琪琪把頭探進屋內，看到了房間的全貌。旁邊有一張沒鋪被子的床，上面放了一枚信封，寫著「致琪琪」。

琪琪伸手，卻拿不到。

吉吉跳進房間，咬著信，走了出來。信上這麼寫道：

琪琪，三腳架上的畫，是要送妳的。抱歉，突然這麼說，一定嚇到妳了。我兒子是畫家，這是他的最後一幅畫。他畫這幅畫的那一個月，其實是向上帝額外借來的，對我們來說，是天上掉下來的禮物。是很美好的禮物，代表了我兒子的一生。這段美好的時光，就像是籠罩了一層美麗的光環。在這個灑滿陽光的庭院，遇見妳這麼可愛的小姐，我兒子也找回了原本以為已經不屬於他的時間。

他說：「我好想再畫一幅畫。」當他畫完時，深有感觸的說：「能夠活在世上真好。」他的表情很安詳。三天後，我兒子踏上了旅程，我也帶著這裡的回憶離開了。在沙漠上的家還留著，所以我決定回去那裡。很抱歉，我無法從容的向妳報告這個消息。希望有朝一日，我們還可以坐在一起喝山櫻桃果汁。或許，我們應該多聊一聊的，我覺得，有些事雖然沒說出來，我們也能彼此了解。琪琪，謝謝妳。我很難過。妳告訴我的那句咒語「預感會有好事發生……」發揮了很大的作用。椅子上放了一塊布，留給妳用來包那幅畫。

艾兒

琪琪跳進窗戶，走進屋子，凝視著那幅畫。上面畫著艾兒女士和琪琪坐在桌子旁，吉吉躺在椅子上，還有艾兒女士每次招待琪琪喝的山櫻桃果汁。周圍的樹木反射著夏日的陽光，閃閃發亮。艾兒女士臉上帶著微笑，琪琪也笑容滿面。雖然只是一小幅用雙手就可以環抱的畫，卻感覺特別閃亮，好像光是畫本身就綻放出無限光芒。

「請妳把自己送過來。」艾兒女士曾經這麼對琪琪說。之後，琪琪經常選擇天氣

晴朗的日子造訪，告訴她城裡的事、好吃的東西。原來，那時有人望著她們，畫下這樣的場景。琪琪把臉貼近畫，發現角落寫著小字，「桑丹」和「謝謝」幾個字幾乎連在一起。

琪琪一言不發的把畫包了起來，吉吉可能也察覺到異狀，一句話也沒說。琪琪走出窗外後，關好了窗戶。

空氣變冷了，四周暗了下來，樹木看起來黑影幢幢，彷彿所有的光都被那幅畫吸走了。琪琪和吉吉仔細端詳那幢房子，踏上往夕陽路的方向。

「啊！」

吉吉叫了起來。低頭一看，發現青草好像被捲入漩渦般，紛紛倒了下來，好像有人帶著風在原地打轉，鑽入了地下。吉吉跳著衝了過去，用鼻子聞了聞。

「這裡好像是入口。」吉吉說。

琪琪站在原地，輕輕點頭凝視著那裡，然後用力抱緊胸前的那幅畫，說：「好，我們走吧。」

琪琪和吉吉一起踏上了夕陽路。

8 幸福的頭紗

暑假結束了，蜻蜓離開雨傘山回到學校，寫了一封信給琪琪。

琪琪，我很為自己感到驕傲。哇哇老師聽說我暑假住在雨傘山上後，哇哇的驚叫起來，然後發出「喔喔喔」的聲音，很久都說不出話來。他稱讚說：「那是一個好地方，你一定遇到了很多事。這是很好的經驗。」不僅如此，還對我說：「我任命你擔任飼育室的室長，以便充分運用你累積的經驗。」這是一件很不同尋常的事。飼育室長八公尺，寬六公尺，裡面有溫度計、磅秤、流理臺、冰箱，

還有兩個放著相關書籍的書架。當然，還有大小不一的飼育箱，飼養的東西從螞蟻到蛇，應有盡有，大約有五十種動物。我必須負責清掃、餵食和記錄成長觀察日記。有三個人和我一起負責這些工作，整天都忙不過來，卻充滿樂趣。不光是這樣，我從小動物身上發現了很多事。這些動物的一生都很短暫，但牠們的生命好像鎖鏈般緊緊相繫。想到那麼弱小的身體裡創造了生命的動力，就不得不對牠們肅然起敬。原來，大家都很努力的生存在世界上。

啊，每次聊這些，我就會沒完沒了。琪琪，對不起。今年年底我會回去，我們一起參加除夕的馬拉松賽跑吧。我和妳豎起耳朵，聽著鐘聲，迎接新的一年……一起出發！我好期待！那就等到那天見囉。

蜻蜓

十月十五日晚上，琪琪完成了採收種子的工作。今年留下了許多健康飽滿的種子，琪琪把種子放進瓶子，輕輕收到黑暗的地方。今年的藥草工作都大功告成了。琪琪鬆了一口氣，看著馬路兩旁空蕩蕩的藥草田，突然產生一個念頭，希望明年可以擴大藥草田。「為什麼……難道明年會感冒大流行嗎？……今年才剛忙完，一定是藥草田希望我明年更加努力吧。」

琪琪喃喃自語著，目光離開了藥草田。

但琪琪發現，這種想法一天比一天強烈。

克里克城四周的山巒被染上了黃色和紅色，大海的顏色也慢慢變暗。漸漸的，克里克城的居民似乎在北山吹來的冷風催促下，忙碌的張羅著除夕和新年的工作。

琪琪打算在除夕那一天，像媽媽可琪莉夫人那樣，煮一鍋肉丸湯。這是琪琪家世代相傳的除夕料理，即使沒人分享，琪琪也打算維持這個傳統。不過，今年蜻蜓或許會和自己一起過。琪琪充滿了幹勁，除夕的前一天，就去市場買了許多絞肉、洋蔥和香腸，花了很多時間燉煮，完成了一鍋美味的湯。

沒想到，此時卻接到了蜻蜓的電話。

「琪琪，對不起，除夕我可能沒辦法回去。有一條名叫皮皮子的蛇不太對勁，一動也不動，即使餵牠吃東西，牠也低著頭，根本不看我一眼。只好忍耐一下，要是危險狀況一解除，我馬上回去。對不起。」

掛了電話，琪琪獨自嘀咕說：「皮皮子在忍耐，我也要忍耐。」

「琪琪，妳最近很少抱怨，很少生氣，也很少哭，好像變了一個人。」吉吉得知蜻蜓除夕無法回來，便對琪琪這麼說。

「才沒有呢！反正不好的事不可能接連發生，就好像走出隧道後，前面就是一片光明。」

「但是，也會有壞事接連發生的時候啊。」

吉吉看到琪琪最近變得這麼鎮定，沒好氣的說。

「我覺得，不可能永遠都是壞事。」

琪琪露出笑容，用力拍了拍吉吉的背。

今天是今年的最後一天。克里克城的鐘塔下人山人海，每個人都豎耳靜聽鐘聲什麼時候會敲響。

這座城市有一個習俗，每年除夕晚上十二點整，全城的人一起參加馬拉松，迎接新的一年。每個人都伸長了耳朵，希望比別人更早聽到第一聲鐘響。「豎起耳朵吧！」這句話就成為除夕那天的問候語。古喬爵麵包店的人也迫不及待的在原地踏步練習。奧雷坐在福克奧先生的肩膀上，假裝自己是長頸鹿。琪琪和吉吉也做好了萬全準備，原地踏步，等待這一刻。

這時，有個人全速跑了過來。

是蜻蜓。

琪琪剛看到蜻蜓的那刻，新年的鐘聲響了。

「哇，新年快樂。」所有人紛紛叫著，一起衝了出去。

琪琪逆著人潮，拚命跑往蜻蜓所在的方向。兩個人一見面，立刻緊握雙手，踏著步，笑了出來。

「皮皮子好了嗎？」

「對，牠很乖，為我們康復了。」

他們握著手，一塊跑了起來。吉吉趕緊跳上琪琪的肩膀，用力抓住，以免自己掉下來。蜻蜓可能是從車站直接趕來的，他跑步的時候，身上的大背包左右搖晃著。

三天的新年假期中，吉吉經常落單。假期結束後，蜻蜓就回學校了，克里克城恢復了日常的生活，琪琪的工作也忙碌起來。日照時間一天比一天長，讓人感覺到春天的腳步近了。

鈴鈴鈴鈴鈴。

電話響了。

「是宅急便的魔女小姐嗎？」

電話裡傳來一個女人的聲音。

「是。」

「不好意思，大清早就打擾，我想請妳送一樣東西……可不可以請妳小心的幫我送過去？」

「好，當然，我一定會小心翼翼的幫妳送。」

「而且，希望妳盡可能快速送到。」

「好，我會盡可能快速送到。」

「啊，太好了！那就拜託了。妳知道通往燈塔的路嗎？中途有一條狹窄的岔路，走進岔路，就可以看到馬鈴薯田。在那後方，有一幢小房子。屋頂是綠色的，妳飛在天上時，可能不容易看到。我叫拉拉．歐帕。」

「沒關係，我會仔細找。」

琪琪從柱子上拿下掃帚，對吉吉說：「好，出發了。」

大海對面的山上吹來冷冷的風。

「啊，忘了戴手套。我以為春天已經來了，沒想到天空中的風還是這麼冷。」

琪琪將握著掃帚的手輪流放到嘴邊，呵著熱氣。

馬鈴薯田旁，有一幢像草丸子般的房子。琪琪敲了敲門，裡面傳來一個聲音，

「唉喲，魔女小姐，妳的動作真神速」，門被打開了。雖然這麼說有點沒禮貌，但門裡站著一位身材圓滾滾的老奶奶，和旁邊田裡的馬鈴薯一模一樣。她拄著拐杖，支撐著身體，一看就知道她是一個人住。

「進來吧。我剛好在包裝，這是要送給新娘子的頭紗。」

桌上摺起來的柔軟材質，一看就知道是很高級的白色蕾絲。

「妳看，我早晨不小心扭到腳。原本想自己送過去，結果太慌張了……剛好想到有妳在這座城裡。真是太好了。如果新娘沒有頭紗就糟糕了。」

拉拉．歐帕奶奶正打算把布包起來時，瞥了一眼琪琪。

「這是我最心愛的頭紗，妳想不想看看？」

「想，很想。」琪琪回答說。

拉拉．歐帕奶奶嘀咕著「如果手太乾燥、太粗糙，就會勾到……」，拚命搓了好幾次手，拿著蕾絲的兩端展示著。

「哇，好漂亮！」琪琪情不自禁叫了起來。

整塊蕾絲都用很細很細的線，繡著花卉和鳥兒的圖案。琪琪覺得，如果天使有翅膀，一定就是這個模樣。

「我從來沒看過這麼漂亮的東西。」琪琪一邊欣賞，一邊嘆息著。

「很漂亮吧！今天是我孫姪女的婚禮。這孩子是個工作狂，平時像個男孩子，所以，至少希望她在婚禮的時候，披一塊華麗的頭紗……我還以為自己很年輕，做事冒冒失失的，這下可慘了！」

拉拉奶奶微微抬了抬受傷的腳，皺著眉頭說：「這塊頭紗歷史很悠久，聽說已經有一百八十年的歷史了。材質是純蠶絲，是一個遠方的北國女孩從十八歲到三十歲，花了整整十二年的時間編織而成的，如今這技術已經失傳了。我先生玩跑馬時，只中了一次頭獎，他就用那筆錢向古董商買了這塊頭紗。他平時每賭必輸，我們的日子過得捉襟見肘，他卻買了這麼昂貴的東西。很奇怪吧？魔女小姐，妳別看我這樣，我……以前曾經是演員。」

拉拉奶奶聳了聳肩，嘿嘿嘿的笑了起來。

「我看得出來，妳在掩飾妳的驚訝，對吧？沒關係、沒關係，演員也有很多種，有美女演員，也有不是美女的演員。很遺憾，我屬於不是美女的演員。」

拉拉奶奶又笑了起來，然後一瘸一拐的走進一旁的廚房。

「時間還來得及。要不要坐下來喝杯茶？」

拉拉奶奶請琪琪坐下後，自己也坐了下來。

「雖然我長得不漂亮，但曾經有機會在舞臺上演公主，於是披上了這塊頭紗。只有那一次而已。我先生高興得手舞足蹈，大聲歡呼著：『臺柱、臺柱。』他說我和頭紗都是主角，還說自己中了頭獎。我只演了一次而已，那算是中獎嗎？這塊頭紗真是充滿了回憶。」拉拉奶奶看著琪琪的眼睛說。

「魔女小姐，妳一定以為回憶是指對過往的回憶吧？我向來認為，其實回憶是從現在開始創造的。我剩下的日子不多了，還有一點點時間。我和我先生有許多美好的回憶。雖然他熱中賭博，愛喝酒，是個讓人傷腦筋的傢伙，但他稱讚我是美女。即使我這麼矮，這麼胖，整天愛流汗，他還稱我是美女。嘿嘿。」

拉拉．歐帕奶奶調皮的伸了伸舌頭。

琪琪熱淚盈眶。

「拉拉．歐帕奶奶，妳很漂亮。」

琪琪難掩激動，結結巴巴的說。

「謝謝妳，我真高興。」拉拉奶奶把手指放在嘴上，想了一下，繼續說道：「這塊頭紗雖然是我的，但又不是我的。至今為止，曾經披在很多新娘的頭上，每個人都得到了幸福，因為這是中頭獎的頭紗嘛。雖然有時候也有新娘哭著回來找我，我就讓她們重新披上頭紗站在鏡子前，於是她們就不再流淚，立刻回家了。魔女小姐，這塊頭紗隱藏著魔法，會令人想起最美好時光的魔法！所以，我希望可以有更多新娘披上這塊頭紗。」

拉拉奶奶拍了拍琪琪的手。

「唉喲，我話真多……差點忘了正事……請妳從克里克城北方一直走，穿過一座大森林，有一個露麗麗村。那是個小村莊，今天忙著舉辦婚禮，一定很熱鬧，很快就可以找到。婚禮從下午三點開始……來得及吧？」

「對，絕對來得及。」

「新娘叫曼曼，只有十七歲，是個年輕的新娘。」

拉拉．歐帕奶奶小心翼翼的把頭紗摺了起來。

「啊，和我一樣大。」琪琪驚訝的說。

「真的嗎？那妳要不要戴戴看？」

「可以嗎……」

「當然可以。」

拉拉奶奶說著，拉著頭紗的一角，輕輕披到琪琪的頭上，同時鏡子裡出現了一個美麗的琪琪，好像是哪裡的公主。琪琪瞪大眼睛，張大嘴巴，看著鏡子中的自己出了神。

「這塊頭紗一定可以成為那孩子的美好回憶。魔女小姐，妳結婚的時候，也要用這塊頭紗。這塊幸福的頭紗，是屬於大家的。」

「哇噢，真高興。」

琪琪的臉上綻放出笑容。

「對了、對了，要送謝禮……不過，我只有早上用馬鈴薯做的鬆餅……隔壁馬鈴薯田的大叔對我說：『是老天爺在種，我只是照顧而已……只要妳偶爾幫我拔拔草，想吃多少，就拿多少。』所以，在這個季節，我每天都會做馬鈴薯鬆餅。」

拉拉奶奶把頭紗的包裹和另一個小包裹遞給琪琪。

「小貓咪，你也一起吃馬鈴薯鬆餅，好不好？」拉拉奶奶說。

吉吉簡短的「喵」了一聲，將身體輕輕靠在拉拉奶奶的腳上。

琪琪把裝了頭紗和馬鈴薯鬆餅的包裹掛在掃帚柄上起飛了。天空的浮雲像橋一樣，從西方一直延伸到東方，猶如拉拉奶奶的頭紗。出了克里克城，向北延伸的路很快進入了森林。穿過森林，就看到一個道路兩旁聚集了很多民房的盤子形村莊，一戶人家的房子前擠滿了人。

「一定就是那裡。」

琪琪急忙降落。

她發現道路右側掛著「露麗麗村」的看板。

「請問今天要結婚的新娘家在哪裡？」

琪琪問了站在人群正中央忙著指揮的女人。

「新娘……？呃……喔，唉喲，就是我啊。」

「這麼說，妳就是曼曼小姐嗎？」

琪琪十分詫異的打量著眼前的女人。連她都忘了自己是新娘這件事，難怪看起來不像是今天要結婚的樣子。她穿著一件大圍裙，臉上和手上都是麵粉。

「對啊。」

曼曼小姐用力拍了拍圍裙，麵粉頓時四散。

「拉拉．歐帕奶奶今天早上不小心扭到了腳，無法親自趕來，所以由我負責把新娘的幸福頭紗送過來。」

「啊，真遺憾，婆婆不能來了嗎……啊，對了，妳剛才是從天上飛下來的嗎？」

「對，我是魔女宅急便。」

「喔，妳就是傳聞中的……原來就是妳，竟然是真的。在我婚禮的日子，竟然可以遇到魔女……真是難得的幸福！啊，妳來一下，我遇到麻煩了。我們要招待『露麗麗村』所有的人參加婚禮，這個村莊已經好久沒有舉行婚禮了，所以我們打算邀請全村的人參加。我的未婚夫是廚師，希望自己下廚招待客人，還要做讓客人帶回去的點心。這些事都是今天早上才決定的。這個村莊雖小，但從小嬰兒到老年人，總共有將近一百個人，而且我們還要做婚禮用的蛋糕，現在正在趕工呢。」

曼曼小姐用圍裙角擦著汗水。

「這下可忙壞了，真的連阿狗阿貓都想找來幫忙。唉喲喲，怎麼突然出現一隻……貓咪。你願意幫忙嗎？」

曼曼小姐問坐在琪琪肩上的吉吉。

吉吉「喵嗚」的叫了一聲，跳了下來，好像在回答：「好啊。」

「如果有需要，我也可以幫忙。」琪琪說。

「噢啦啦，沒想到還可以請魔女幫忙，太棒了！來，過來這裡，穿上圍裙。」

曼曼拉著琪琪的手，走進一幢房子。

「啊，差點忘了這塊頭紗。該怎麼辦？」

琪琪遞上包裹。

「在婚禮之前，先放在這張椅子上。魔女小姐，妳等下一定要提醒我哦，我的記性很差，這點我絕對可以保證。啊哈哈。」

曼曼小姐笑了笑，便率先走進廚房。

廚房裡麵粉飛揚，到處都是奶油的味道和烤箱的熱氣，還有許多在一旁幫忙的人手。

「來，我來介紹一下。他是今天的新郎克里奧。」

一個正忙著篩麵粉的男人轉身鞠了個躬。琪琪穿上潔白的圍裙後，立刻加入了切胡蘿蔔的行列。由於要做一百個人的料理，廚房裡忙得不可開交。在克里奧先生的指揮下，有人忙著烤魚，有好幾個人排成一列，忙著攪動鍋子裡的湯，也有人專門負責洗蔬菜、切蔬菜，還有人把做好的料理裝進大盤子，每個人都手忙腳亂。做了一道又一道的菜，還是不夠。

琪琪瞥了一眼時鐘，快兩點半了，婚禮要在三點開始。庭

院裡排了好幾張桌子，將完成的料理端上了桌，慶祝的鮮花也已經就位。時間應該來得及，但新娘和新郎可能來不及了。他們還在廚房裡跑來跑去，不停的將水果裝進盤子。新娘還穿著圍裙，連口紅都沒擦。新郎戴了廚師的領帶，上面卻濺滿了番茄汁。到底該怎麼辦？

「新娘不用打扮嗎？時間差不多了，接下來的事交給我們就好。」琪琪終於忍不住說道。

「沒關係，我自有辦法。」

曼曼小姐閉起一隻眼睛，扮了鬼臉。

馬路對面傳來了小提琴的聲音，還有人吹著喇叭。琪琪從窗戶往外看，穿著正式服裝的人在樂團帶領下，神情莊嚴的靜靜走進庭院。

「咦？新娘、新郎去了哪裡？」

走在最前面的男人環顧四周，驚叫起來。他是主持婚禮的村長。新郎和新娘正滿頭大汗的用奶油為三層高的婚禮蛋糕裱花。

「快，動作快。」

琪琪急壞了。

「咳咳。」

有人在清嗓子。

「好，馬上來了。」

當蛋糕端了出去，放在正中央的桌子上後，曼曼小姐立刻脫下圍裙，下面竟然是一件有著白色蝴蝶結點綴的白色禮服。克里奧先生也脫下圍裙，拉正領帶。雖然身上還有一些麵粉，也沾到一些油漬……但一眨眼的工夫，著裝好的新郎和新娘就出現在大家的面前。

所有人都「哇」的驚叫起來，紛紛說：「好像在變魔術。」

新郎和新娘看著琪琪，得意的使了個眼色，好像在說：「怎麼樣？沒問題吧？」

婚禮開始了，新郎和新娘也交換了誓詞。

「我願意。」

「我願意。」

這時，新娘突然「哇」的大叫起來。「拉拉奶奶的幸福頭紗，怎麼辦？我竟然忘記了。」

「對不起，我馬上拿過來。」

琪琪慌忙跑回去打開包裹，拿著頭紗的一角跑了過來。但因為跑得太急，頭紗被風吹起，從琪琪的手上滑走，緩緩飄上天空，愈飄愈高。琪琪快哭出來了，急忙抓起掃帚飛了起來，全速追趕頭紗。頭紗好像逃脫般的飛走了。這是幸福的頭紗，絕對不能讓它逃走。琪琪迎著風，不斷飛向高空，伸出的手摸到了頭紗的一角。琪琪盡全力飛行，終於抓住了頭紗，但掃帚差點掉下去。琪琪向下伸出一隻手，抓住了掃帚柄，直接慢慢降落，另一手用力握著的頭紗，好像慶祝旗幟般隨風飄揚著。琪琪慢慢靠近地面，所有人都抬頭驚叫著，也有人鼓掌為琪琪加油。琪琪的身體終於穩住了，雙手拿著頭紗的一角，朝新娘飛去。曼曼小姐從下面高高舉起雙手，接過頭紗後，戴到自己的頭上。

「再說一次誓詞。」村長又「咳咳」的清了清嗓子說道。

琪琪帶著曼曼送的點心，敲響了拉拉．歐帕奶奶的大門。

「妳回來了。一切還順利嗎？」

「對，我準確無誤的送到了。新娘好美。」

琪琪回想起剛才的虛驚一場，不免有點難為情。

「是嗎？那太好了。但是妳走了之後，我的心情一直很沮喪。我想，我已經無法把幸福頭紗送給其他新娘了，因為，如果像今天這樣受了傷，萬一延誤了別人的婚禮可就慘了。我再也不能和別人分享幸福，這塊頭紗還是送去博物館好了。」

拉拉．歐帕奶奶撫摸著琪琪帶回來的包裹說道。早晨還那麼有精神，此刻卻滿臉落寞，一副垂頭喪氣的樣子。

琪琪鼓起勇氣說：「如果妳不嫌棄，我可以幫忙……只要妳不方便的時候，隨時可以吩咐我。雖然我有時會出一些小狀況，可是不用擔心，無論發生任何事，我一定會送到。因為和大家分享幸福，是很美好的事。」

「噢，真的……真是太好了。」

拉拉．歐帕奶奶的臉上綻放出笑容。

「這次我收到的謝禮，就是分享了妳的回憶。我很慶幸自己有機會做這份工作。拉拉．歐帕奶奶，我很高興，覺得好興奮。」琪琪說。

「我也很高興。從今以後，我可以和妳一起做頭紗宅急便的工作！太棒了！我渾身是勁！」拉拉．歐帕奶奶說。

9 小諾諾的生日

這陣子，琪琪常常覺得心神不寧，好像溫暖的春風在催促著她。今天早晨起床後，她已經好幾次踮起腳，看著家門前的藥草田。泥土黑油油的，似乎充滿了神奇的力量，等待即將播下的種子。自從去年收割完藥草後，琪琪每次看到藥草田，都覺得實在太小了。去年，琪琪又多做了兩瓶噴嚏藥，而且也種出了許多健康的種子。照理說這樣已經足夠了，但是不知道為什麼，好像有一股力量在催促著琪琪，告訴她今年播種時，最好擴大藥草田的面積。

要找更大的農田。不知道附近有沒有空地，方便隨時去查看、照顧……

這時，琪琪的腦海中突然浮現出夕陽路盡頭，艾兒女士的庭院。

如果可以用那裡來種藥草……一定很適合……

琪琪急忙去現場察看。夕陽路上的樹木樹葉凋零了之後，變得光禿禿的，陽光淡淡的灑落其中，和夏天時的感覺完全不同。雖然還沒到春天，但經過夕陽路時，被枯草覆蓋的庭院明亮如鏡。

艾兒女士房子的每一扇窗戶都關得密密實實，看來在那之後並沒有人來過。

只要一半就夠了……如果在房子的周圍種上藥草……一定可以種出漂亮的藥草田……

琪琪愈想愈覺得太適合了，頓時又回到了孩提時代那個「只要心動，就馬上行動」的琪琪。她去市公所調查，問到了艾兒女士在遙遠國外的地址。琪琪以驚人的速度寫了一封懇求信，幾乎有點半強迫的請求艾兒女士讓她使用那個庭院的一部分。艾兒女士也很快就寫了回信。

琪琪小姐，請儘管使用。想到那個庭院種滿了藥草的樣子，我就格外興奮。

那個空間有種特殊的氣氛，可以讓人見到想見的人。比方說，我見到了妳；桑丹因為我也見到了妳。如今，妳又收藏了桑丹的畫。這個沙漠是我的故鄉；桑丹是在克里克城出生，那個房子也是他度過童年的地方。當他得知自己將不久於人世時，便提出要回到那個充滿回憶的地方。不過，外子和桑丹的墓都在這裡，我目前也正從事教職，無法立刻回克里克城，但總有一天，我會回到桑丹度過生命的最後一段時光、令他感到心靈充實的地方。到時候，就可以每天聞到妳的藥草芳香。那時，我們再一起喝山櫻桃果汁。我好期待那一天的到來。

艾兒

這一陣子，琪琪每天都去艾兒女士的庭院，坐在椅子上，思考要怎麼設計。她希望設計出一座理想的藥草田，無論坐在桌子旁，或是從艾兒女士家裡的窗戶看出去，都可以使心靈感到平靜。於是，她決定沿著圓形青草庭院的外圍，種出彩虹形狀的藥草田。

琪琪瞇起眼睛，想像著這裡長滿藥草的樣子。無論形狀和大小，都和她心裡想的不謀而合。

從晨藥草開始，
茜草
根種草
種粒草
頭草
眼珠草
藤種草
接下來是夜藥草，開始囉
貓眼草
麻雀眼草
妹妹草
箭草

咕咕草
箭花草

春分前的滿月之夜，琪琪唱著歌，完成了淨種儀式。春分那一天，琪琪在艾兒女士的庭院裡，播下了今年的藥草種子。

琪琪來到克里克城的第四個春天，一轉眼就過去了。初夏清爽的風，不時在忙於送貨的琪琪身後推她一把。

蜻蜓在春假期間回到克里克城，和琪琪去海邊散了兩次步，在艾兒女士的庭院裡吃了一次便當後，蜻蜓笑著說，

留在學校的那些動物也要吃飯，就趕回那魯那城了。

蜻蜓和琪琪在一起時，不斷談論著許多近在眼前、之前卻沒有發現的不可思議之事物。「我媽常叨念：『蜻蜓，你又在說一些莫名其妙的話了，整天嚷著不可思議、不可思議，不是研究飛行，就是研究鬼怪。』琪琪，正因為有妳，我才找到自己真正喜歡的事。」

「我也是。我不知道該不該這麼說，我的心胸也慢慢開闊起來……這陣子……我好像又長大了一點……」琪琪說。

「我好高興。」蜻蜓說。

「琪琪，我想拜託妳一件事。」

索娜太太拉著諾諾的手走了進來。

「後天是諾諾的生日。時間過得真快，她快四歲了。我今天想帶她去買一件新衣服，但諾諾一直嚷著要和妳一起去。諾諾，對不對？」

索娜太太看著諾諾問道。諾諾一言不發，用力點了點頭。索娜太太露出抱歉的表情。

「她一定是懷疑我的品味，認為妳才懂得現在的流行。諾諾，對不對？」索娜太太又看著諾諾笑著說。

「不好意思，可不可以請妳帶她去？」

「哇，真高興，要去買新衣服哩。諾諾，我們吃完午飯就出發，好不好？」

於是，琪琪和諾諾來到克里克城最熱鬧的向日葵街百貨公司。她們站在百貨公司門口，聽了噗嗚噗克大叔吹口琴，又悄悄向繼續扮演布偶的格亞使了眼色，打了聲招呼，走進了百貨公司，在各個樓層中走來走去、東挑西選，為諾諾尋找合適的新衣服。最後買了有許多荷葉邊的粉紅色洋裝、相同顏色的蝴蝶結和鞋子，諾諾樂壞了。

「穿給我看看嘛！」回到家後，無論索娜太太怎麼要求，諾諾都堅持：「要等生日的那天才穿！」

兩天後，琪琪看完藥草田，才剛到家門口，電話就響了。她慌忙衝進去，聽到茉莉氣急敗壞的聲音。

「琪琪，小亞有沒有去妳那裡？」

「沒有啊。怎麼了？」

「今天早上我醒來時，他就不見了。我以為他跑出去玩了，就沒有理他，但是他到現在還沒回來，我就四處去找。他出門時穿的衣服和鞋子，還有背包都不見了，我以為他去找妳了，因為他說妳那裡很好玩……」

「他沒有來。」

「這麼說，他應該就在附近。琪琪，對不起，讓妳擔心了……」茉莉似乎有點不好意思，小聲的說，但隨後突然提高了嗓門。

「咦，廚房怎麼都是麵粉……到底是怎麼回事……琪琪，我們改天再聊。」

琪琪掛上電話，環顧房間。

「吉吉，你有沒有察覺到家裡有人？」

「沒有啊，怎麼了？」

「小亞不見了。茉莉打電話來問我，小亞有沒有來這裡。」

吉吉驚訝的「啊」了一聲，頭也不回的衝去索娜太太家，又馬上衝了回來，說：

「諾諾家也沒有。」吉吉前腳才進門，索娜太太後腳就踏了進來。

「諾諾有沒有來？」

索娜太太四處張望著。

「沒有啊……我以為她在房間裡玩，結果根本不在。今天是她生日，我想叫她換上新衣服，結果新衣服也不見了。」

索娜太太一口氣說完，拚命喘著氣。

「諾諾也不見了？小亞也失蹤了，剛才茉莉打電話告訴我的。」

「啊，怎麼可能、怎麼可能……怎麼可能嘛。」

「或許真的有這個可能喔。」

索娜太太和琪琪互看了一眼。

「兩個人都打扮得漂漂亮亮的……」

琪琪的聲音愈來愈小。

「才八歲和四歲的孩子，不可能私奔吧？」

索娜太太的聲音發抖。

「不可能……」

琪琪雖然搖著手，卻沒什麼自信。

「我知道了！是幽會。」索娜太太說。

「幽會是什麼意思？」吉吉問。

「就是兩個相互喜歡的人偷偷見面。」

「在哪裡？」

「正因為不知道，所以才會著急啊。」

「真的嗎？」

吉吉的聲音發抖，兩眼格外有神，泛著淡淡的淚光。

「他們一定很快就會找我一起去的。」

這時，又接到了茉莉的電話。

「我家的烤箱還熱熱的，前天他問我生日蛋糕要怎麼做，我就教了他簡單的製作方法。他好像烤了蛋糕，一定是有誰生日了。」

「諾諾也不見了，而且今天剛好是諾諾的生日。」

「怎麼可能、怎麼可能……怎麼可能？」

茉莉和索娜太太的反應一模一樣。

「或許真的有這個可能喔。」琪琪也說了相同的回答。

「他們到底去了哪裡……？」茉莉問。

「我想應該不會走遠，可能是附近的公園，啊，也可能去動物園了。總之，我相信他們不會去危險的地方，小亞很成熟。」

「也未免太成熟了。」茉莉大叫著。

琪琪掛了電話，對索娜太太說：「我相信他們沒問題，不過，我去他們可能出現的地方找找看。」說完便抓著掃帚，打開門，衝了出去。吉吉拚命跳上掃帚尾，好不容易才抓穩。

琪琪去了附近的公園、車站、動物園和克里克的海邊尋找。

然而，無論琪琪用視力很好的眼睛尋找，還是吉吉用靈敏的鼻子聞味道，都沒有發現他們的身影。

太陽慢慢下山，建築物的影子拉長，天色也漸漸暗了下來。

「到處都找不到。」

抱著奧雷的索娜太太和福克奧先生，正擔心的抬頭望著天空，琪琪在他們面前降落。

「他們到底去了哪裡……」

索娜太太和琪琪同時嘆著氣。

「天都快黑了。」

這時——

鈴鈴鈴、鈴鈴鈴鈴。

家裡的電話響了。

所有人都驚訝的面面相覷。

琪琪衝了進去，接起電話，聽到電話裡傳來：「呃，我是維修鐘塔的鐘錶行，我來為大鐘上發條，看到有兩個小孩在這裡，其中一個是麵包店的小女孩……」

「啊——現、現在、現在就過去！」

琪琪拿起掃帚，大叫著「他們在鐘塔」，便飛了起來。吉吉也「哇噢」的慘叫一聲，跳上掃帚。

琪琪從鐘塔的窗戶跳了進去，發現小亞和諾諾躺在石頭地板上，睡得很香甜，周圍散落許多點心。琪琪叫著他們的名字，兩個人眨了半天眼睛，環顧四周，似乎不知道自己到底在哪裡。當他們看到琪琪，立刻抱住她說：「啊，琪琪妳也來了？吉吉也來了！」鐘塔的叔叔嘀咕著：「迷路了還這麼高興。」開始為大鐘上發條。

索娜太太和福克奧先生牽著奧雷的手爬著樓梯上來了。索娜太太的雙眼瞪成了三角眼，用力吸了一口氣，正想說什麼時，福克奧先生蹲在兩個人面前，說：「諾諾，生日快樂。小亞，謝謝你。」

索娜太太聳了聳肩，心有不甘的閉上了嘴。

那天晚上，大家熱熱鬧鬧為諾諾舉行了生日派對。茉莉在電話中聽到時，笑著說：「哇哈哈哈，小亞不知道像誰，這麼早熟。」

真是個有驚無險的一天。

10 藥草的祈願

雨點打在屋頂上，發出滴答滴答的聲音。不知道為什麼，今年夏天的雨水特別豐沛。琪琪正猶豫著該不該起床時，聽到了「鈴鈴鈴鈴。」的電話聲。琪琪打開窗簾，看著窗外，被雨淋溼的玻璃窗外，是一片灰濛濛的天空。即使是很重視工作的琪琪，也盡可能避免在雨中飛行。琪琪皺了皺眉頭，接起了電話。

「琪琪。」

電話是可琪莉夫人打來的。

「發生什麼事了？這麼早打電話給我？」琪琪驚訝的問。

「妳在忙嗎？要去工作嗎？」

「沒有、沒有啊。媽媽，妳怎麼了？怎麼了？妳的聲音和平時不一樣。」

「妳要不要回來一下？現在剛好是暑假……」

琪琪驚訝的張大眼睛。媽媽的語氣好像在拜託她。

琪琪倒吸了一口氣，急忙回答：「好，我回去，我馬上回去。」

聽到琪琪的話，吉吉趕緊從床下鑽了出來。

琪琪通知了索娜太太，把幾件換洗衣服放進包包，想了一下，又把去年多做的兩瓶、至今還沒有用完的噴嚏藥也放了進去，飛向不停下著雨的灰色天空。

「琪琪，我的心裡七上八下的，到底怎麼回事？」吉吉從身後緊緊抱住琪琪問。

「我也是……趕快回家看看。」

琪琪輕輕拍了拍吉吉的手。到底怎麼了？到底怎麼了……琪琪滿腦子都是這個問題。

琪琪在厚實的雲層中穿梭飛行，「咚」的一聲降落在家門口。林蔭道上的烏鴉被

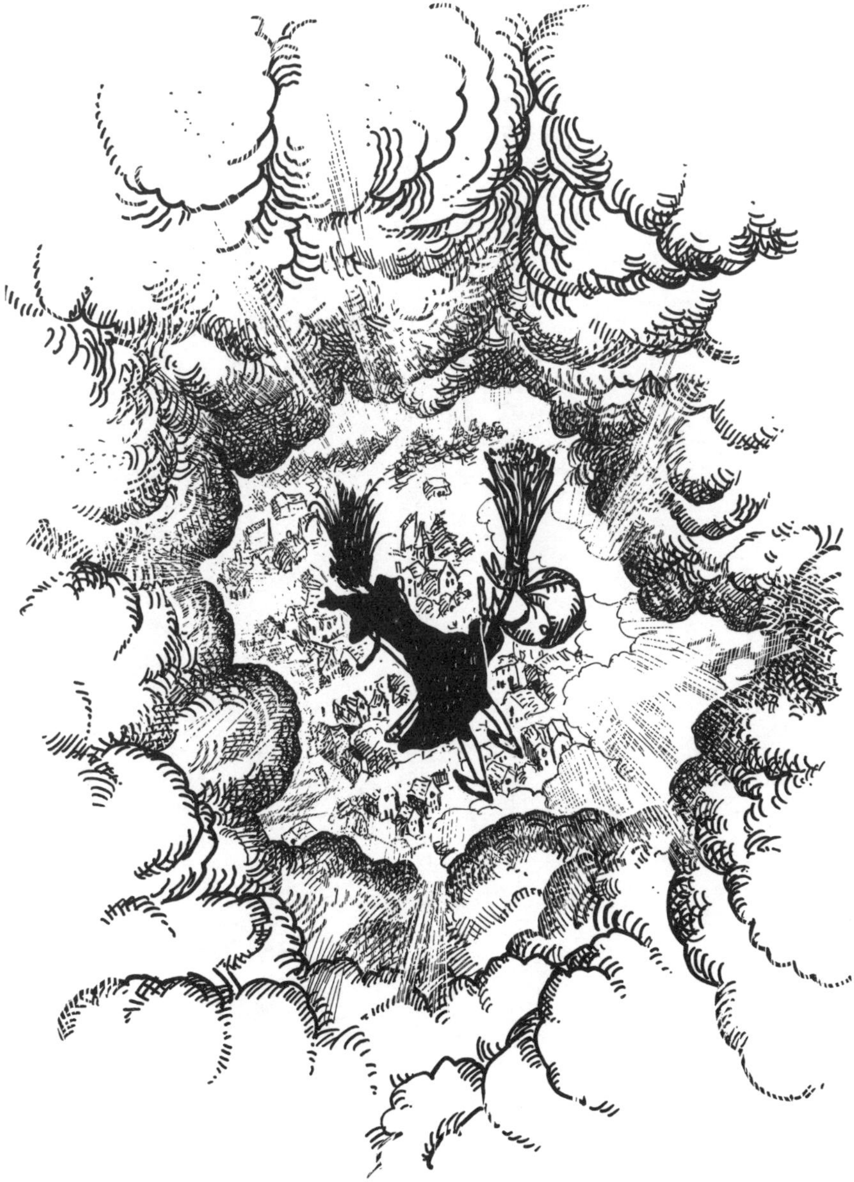

聲音嚇到了，一起飛上天空。

琪琪跑到門口，推開家門，一陣熱熱的空氣迎面而來。

「我回來了，琪琪回來了。」

琪琪努力發出精神抖擻的聲音。走進門一看，明明是夏天，房間裡卻開著暖爐。

琪琪跑去推開了爸媽的臥室。

「咦，妳怎麼……」

歐其諾驚訝的轉頭問。在他的身後，可琪莉夫人躺在床上。

「琪琪，妳回來了。動作真快。」

可琪莉夫人驚訝的說，她的聲音似乎很無力。接著她轉頭看著歐其諾，說：「是我叫琪琪回來的。」

「媽媽，妳還好吧？」

琪琪趕緊上前握著可琪莉夫人的手。

「當然很好。」

可琪莉夫人很鎮定的點點頭。

「妳生病了嗎？……什麼時候開始的？」

「前一陣子，我感冒了。魔女竟然感冒，說起來真丟臉……」

可琪莉夫人輕輕笑了笑，努力表現出很有精神的樣子。

「只是小感冒而已。媽媽以為天氣這麼熱，怎麼可能感冒……太掉以輕心了，還忙著種藥草……今年，她種了很多藥草。」歐其諾說。

「不是，不是因為工作，也不是因為太忙，而是感冒不肯離開我。這種時候，就應該讓感冒自行解決，感冒也有感冒的意見。」

可琪莉夫人笑了笑。她身體好的時候，經常用這種詼諧的態度說話。但她的呼吸很急促，每說一句話，胸部就劇烈起伏。

「醫生怎麼說？」琪琪看著歐其諾問。

「嗯，只說要靜養……」

歐其諾的話慢慢消失在嘴裡。

「我比醫生更清楚。以前，魔女曾經是醫生……雖然現在這麼無力，很沒出息……但我了解自己的身體狀況。我知道，你們不用擔心。」

可琪莉夫人不時停頓下來，好不容易才說完這段話。

「吉吉，過來這裡。」

可琪莉夫人看到吉吉渾身僵硬的躲在遠處，便向牠伸出手。吉吉想了一下，跳到床邊。

「來這裡，我們來親親臉。」

吉吉問：「可以嗎？」便跳上可琪莉夫人的枕頭，伸出粉紅色的舌頭，在可琪莉夫人的臉頰上舔了一下。

「唉喲，好癢，你的舌頭好可愛。」

可琪莉夫人高興的扭著身體。

「吉吉，你太狡猾了。我也要。」琪琪說。

「會被傳染感冒唷。」

「不會啦，沒問題的。」

「好啊，妳也來吧，小寶寶。」

可琪莉夫人翻開薄被。琪琪脫下鞋子，鑽進被窩，躺在旁邊，撒嬌的將頭依偎在可琪莉夫人的胸口。

「啊哈哈哈哈。」

可琪莉夫人不好意思的笑了起來。

「啊哈哈哈。」

琪琪也吐了吐舌頭，笑了起來。

「喵嗚。」

吉吉用頭鑽進她們中間。

「好像在開玩笑……一切都像在開玩笑……」歐其諾自言自語。

「媽媽，妳吃藥草了嗎？」琪琪跳下床問道。

「吃了，吃了我自製的。」

「有按時服用嗎？」

「吃了一點，但應該夠了，不需要了。」

「不行，要多吃一點才可以。」

「琪琪，妳這麼認為嗎？」

「對啊，我是妳的女兒。這是魔女琪琪的智慧。我帶了我做的藥來，或許我的藥對你更管用。」

琪琪皺了皺鼻子，神氣的嘟起嘴，走進廚房，穿上可琪莉夫人的圍裙，開始做藥。她放了很多很多的噴嚏藥後，加入熱水，煮出很濃很濃的藥湯。讓可琪莉夫人喝下去之後，再用稀釋液擦拭了可琪莉夫人的臉和手，並倒進水桶裡，讓可琪莉夫人泡腳取暖，再把裝了藥的鍋子放在暖爐上，全家充滿了香噴噴的味道。今年多做了兩瓶噴嚏藥，或許就是為了今天，讓琪琪可以盡情的用藥。

「琪琪，妳好厲害，愈來愈能幹了。」

可琪莉夫人高興得瞇起眼睛。

「我感到很欣慰，看到妳回來，我真的很高興。」

可琪莉夫人的臉微微亮了起來。

之後，琪琪每天都努力在製藥時發揮創意，充分激發藥中的各種香味，使可琪莉夫人更容易入口。但可琪莉夫人的呼吸愈來愈弱，幾乎不太能說話了。琪琪拚命製藥，試圖讓可琪莉夫人多喝一口。

「琪琪，不要再幫我做藥了，沒關係。我、我……想要飛。」

可琪莉夫人抬眼直望著遠方。

「琪琪，藥草田的事就拜託妳了，要多澆水……」

「媽媽，妳不要擔心這些事……有我在，我會照顧的。」

琪琪緊抱著可琪莉夫人，用力搖晃。

「這樣我就放心了……魔女要再度啟程，消失在故鄉森林的盡頭。妳外婆也是這樣，會靜靜的消失。故鄉的森林並不是很遙遠的地方，原來就在這裡。外婆說的話，如今，我終於能夠理解了。」

可琪莉夫人拚命張開眼睛，看著琪琪。

隔天，可琪莉夫人開始昏睡，似乎有什麼東西靜靜的離開了可琪莉夫人的身體。

「媽媽。」琪琪和歐其諾聲聲呼喚著她。她微微張開眼睛，露出淡淡的笑容，卻再也說不出一句話。琪琪陪在一旁，不停摸著媽媽的手。

琪琪走到門外，為藥草田澆水。

天空一片蔚藍，盛夏燦爛的太陽照耀著庭院。

琪琪看著可琪莉夫人那片鬱鬱蔥蔥的藥草田，發現藥草田充滿了生命活力，似乎完全不需要擔心。琪琪張開雙手，用力深呼吸，試圖揮走內心的不安。

這時，有一道風穿過琪琪的心，發出「咻」的聲音。好像有什麼地方不對勁。琪琪的身體劇烈顫抖著，不禁驚慌了起來。這時，她又看到一條白色的線飛過高空，彷彿是一把掃帚慢慢隕落。琪琪萬分震驚，正準備跑回家，突然停下了腳步，前一刻還生氣勃勃的藥草漸漸變成了黃色，最後變成了棕色，紛紛垂下了頭。

「媽媽、媽媽。」

琪琪聲嘶力竭的大叫著跑回家。一打開門，便衝到可琪莉夫人的床邊。歐其諾聽到琪琪的聲音，詫異的從椅子上站了起來。

可琪莉夫人閉著眼睛睡著了，琪琪用顫抖的手拚命搖晃可琪莉夫人的身體，然而無論琪琪怎麼呼喚，可琪莉夫人依然緊閉雙脣，臉色格外蒼白。

「媽媽、媽媽，不行、不行！我不要、我不要！」

琪琪放聲痛哭。一邊哭，一邊摸著可琪莉夫人冰冷的手，把臉貼在可琪莉夫人的臉上。

「媽媽，求求妳，張開眼睛。求求妳，不要走！」

琪琪用整個身體抱住可琪莉夫人，痛哭的聲音漸漸平息下來。但她的雙手仍然緊緊抱著可琪莉夫人的身體，似乎在阻止可琪莉夫人被帶去遠方。

「琪琪，妳看。」

一會兒之後，歐其諾把手放在琪琪的肩上。
琪琪哭著抬起頭，發現可琪莉夫人的眼皮正微微顫抖著。
「媽媽！」
琪琪大叫起來。可琪莉夫人微微張開眼睛，看到琪琪，輕輕點點頭，再度閉上眼睛。

那天之後，可琪莉夫人的身體就慢慢康復了。當她可以在床上坐起來時，第一次透過窗戶，看到窗外已經枯黃倒地的藥草。
「原來，它們把所有的力量都給了媽媽。」琪琪說。
「謝謝。多虧了妳這個菜鳥魔女的幫忙。」
可琪莉夫人看向庭院的目光移到琪琪身上。
四、五天後，琪琪把椅子端到庭院的樹蔭下，好讓可琪莉夫人身體狀況不錯的時候，可以坐到外面休息。
琪琪也端來一張椅子坐在旁邊，母女倆開始聊天。

聊琪琪剛出生的時候的事……

聊出生後不久，發現琪琪是凸肚臍的事……

「我當時很擔心，怕妳長大穿泳衣時會不好看。」可琪莉夫人摸摸琪琪的肚子笑著說。

還有琪琪跺著雙腳大哭大鬧，說除了吉吉，還想養一隻狗……

可琪莉夫人和歐其諾第一次見面的事……

「歐其諾不知道我是魔女，所以我很擔心他一旦知道，就會討厭我。以前的時代，大家都很在意這些事……但是，當我膽戰心驚的向他坦承時，妳猜爸爸怎麼說？『原來我的太太有很特殊的才能。』

這就是他的求婚。因為，他說我是他的太太。」

「媽媽，為什麼妳以前都沒有告訴我這些事？」

琪琪撒嬌的嘟著嘴。

「因為我不想告訴妳啊。」

可琪莉夫人吐了吐舌頭。

「太狡猾了，以後要加倍告訴我。」琪琪搖著可琪莉夫人的膝蓋說。

「好，我會統統告訴妳，把媽媽的回憶都告訴妳。從邂逅到出生……回想起來，有太多美好的事了。雖說回首往事是一種魔法，但是，創造日後的回憶才是真正的魔法呀。」

「媽媽，妳的身體已經好了，連說話的語氣都完全恢復了。」

琪琪的雙手環繞著可琪莉夫人的脖子。

「住在馬鈴薯田旁的獨居老奶奶也這麼說……老奶奶很甜蜜的聊起已經過世的丈夫。雖然她是獨居老人，但很自豪的說，她擁有許多歡樂的回憶。她說話時的神情好美。」

琪琪拔除可琪莉夫人藥草田裡枯萎的藥草後，翻了土，開始為明年的播種做準備。她細心的翻土、鬆土，將表面整平。清晨一大早就起了床，看到許多露水都在泥土中閃著光。琪琪覺得每一滴露水都帶給藥草田、帶給可琪莉夫人無限的活力。

當可琪莉夫人可以拄著拐杖走路時，對琪琪說：「琪琪，真的謝謝妳。不過，我有點擔心妳自己的藥草田。」

「啊！」

琪琪跳了起來。她完全忘得一乾二淨了。雖然她按照規定，連續為藥草田澆了十三天的水，但由於最近天氣一直很熱，不知道現在到底長得好不好，而且，距離立秋只剩下幾天了。

「啊，原來如此。」

琪琪突然驚叫起來。她的腦海中浮現艾兒女士家的藥草田。

「媽媽，今年我擴大了藥草田的面積，我想種更多、更多藥草，當時這種念頭格外強烈，根本沒辦法停下來。克里克城有一條像隧道的路，叫夕陽路，穿過夕陽路，有一個空曠的圓形庭院。那裡光線充足，好像一床暖暖的被子。我向庭院的主人借了那塊地。我當時一直納悶，為什麼突然想擴大藥草田呢，現在終於搞懂了，原來是媽媽的藥草拜託我的。」

「噢，這樣啊。」

可琪莉夫人突然熱淚盈眶。

「媽媽，我一直以為什麼都要靠自己……現在我懂了，這就是魔女的智慧。」

「對、對啊。這種智慧無法計算，是一股龐大的力量。我好像也終於懂了。」

可琪莉夫人默默的走到窗邊，凝視著自己的藥草田，接著抬頭眺望著遠方的天空，一動也不動的佇立著。

琪琪回到了克里克城。在立秋前一天的下午，她走過了夕陽路，想要看看藥草

田。綠油油的藥草充分吸收了夏日的陽光，長得十分茂盛。琪琪蹲了下來，將臉慢慢埋進藥草中，深深的吸了一口氣。藥草的芳香包圍了琪琪。

小麥田

故事館79

魔女宅急便4琪琪的戀愛

魔女の宅急便4キキの

作　　者　角野榮子
繪　　者　佐竹美保
譯　　者　王蘊潔
封面設計　莊謹銘
校　　對　呂佳真
編輯協力　沈如瑩
責任編輯　汪郁潔

國際版權　吳玲緯　楊靜
行　　銷　闕志勳　吳宇軒　余一霞
業　　務　李再星　李振東　陳美燕
總 編 輯　巫維珍
編輯總監　劉麗真
事業群總經理　謝至平
發 行 人　何飛鵬
出　　版　小麥田出版
115台北市南港區昆陽街16號4樓
電話：(02)2500-0888
傳真：(02)2500-1951
發　　行　英屬蓋曼群島商家庭傳媒股份有限公司
城邦分公司
115台北市南港區昆陽街16號8樓
網址：http://www.cite.com.tw
客服專線：(02)2500-7718｜2500-7719
24小時傳真專線：(02)2500-1990｜2500-1991
服務時間：週一至週五09:30-12:00｜13:30-17:00
劃撥帳號：19863813　　戶名：書虫股份有限公司
讀者服務信箱：service@readingclub.com.tw
香港發行所　城邦（香港）出版集團有限公司
香港九龍土瓜灣土瓜灣道86號順聯工業大廈6樓A室
電話：852-2508 6231
傳真：852-2578 9337
馬新發行所　城邦（馬新）出版集團 Cite (M) Sdn Bhd.
41-3, Jalan Radin Anum,
Bandar Baru Sri Petaling,
57000 Kuala Lumpur, Malaysia.
電話：+6(03) 9056 3833
傳真：+6(03) 9057 6622
讀者服務信箱：services@cite.my
麥田部落格　http://ryefield.pixnet.net
印　　刷　漾格科技股份有限公司
初　　版　2020年7月
二版2刷　2024年6月
售　　價　270元

ISBN 978-957-8544-36-9
本書若有缺頁、破損、裝訂錯誤，請寄回更換。

國家圖書館出版品預行編目資料

魔女宅急便. 4, 琪琪的戀愛／角野榮子作；佐竹美保繪；王蘊潔譯. -- 初版. -- 臺北市：小麥田出版：家庭傳媒城邦分公司發行, 2020.07
面；　公分. --（故事館；79）
譯自：魔女の宅急便. 4, キキの
ISBN 978-957-8544-36-9（平裝）
861.596　　109007414